BOLL

L'AFFAIRE EST DANS LE SAC EN PAPIER

avec une mise en scène typographique de Sandrine Nugue

LE TRIPODE

REMERCIEMENTS DE L'AUTEUR

Tout d'abord à C.F.B. qui sait pourquoi, inutile de revenir là-dessus.
Ensuite à N.K., j'imagine qu'elle devine la raison.
Sans elles, *L'Affaire* n'aurait jamais été.

À Frédéric Martin pour sa patience.
À Joanie pour son sourire.
À Sandrine pour son rire.
À Vénus mon chat, qui est une chatte, qui me fait du gras.

Quand ça veut pas, ça veut pas.
Emmanuel Kant

LIVRE PREMIER

1.

Le commissaire divisionnaire Charanson Eusèbe se retrouva rapidement sur les lieux du crime, au 79, rue des Cailloux-qui-Moussent, Paris 16e.
C'était un hôtel particulier qui sentait l'abondance de biens qui ne nuit pas, les petits plats dans les grands, les dimanches en famille qui n'en finissent jamais.
Et le crime.

L'heure, le jour, le mois, détails très certainement essentiels dont l'énoncé se révèle toujours fastidieux, sont sans importance pour nous.
Sachez seulement qu'il y avait un petit crachin tenace.

La maison grouillait de tout ce que le quartier comptait d'uniformes plus ou moins apparentés à la préfecture de police : identité judiciaire, gardien de la paix, gardien de square.
Ajoutons quelques représentants de la presse régionale et nationale, le lot indispensable de témoins qui n'ont rien vu, rien entendu, ainsi qu'un car de touristes yougoslaves dont je m'explique encore mal aujourd'hui la présence.
Et une absence remarquée de ratons laveurs.

Les politesses d'usage bâclées auprès de ses collègues, Eusèbe Charanson exprime le désir de se rendre sur les lieux exacts du meurtre. Car c'était un crime de sang.
C'est à l'étage que cela s'était passé.

Là, le médecin légiste fit part à Eusèbe Charanson de ses premières conclusions.
Le cadavre était mort.
C'était un homme d'une soixantaine d'années, ou peut-être une femme, on attendait les résultats du labo.
La mort avait été provoquée par trente-six coups de hache dans le dos. Cela excluait d'emblée la charge d'éléphants.
Tous les éléphants arrêtés au titre de suspects furent relâchés dans la demi-heure.

Eusèbe Charanson hocha la tête.
La mort remontait à moins d'un siècle, deux heures tout au plus.

Eusèbe Charanson dodelina du chef.
Le crime avait été commis dans une pièce dont la porte était verrouillée de l'intérieur et qui ne possédait aucune autre ouverture vers l'extérieur : ni fenêtres, ni cheminée.

Eusèbe Charanson était dubitatif...

Eusèbe Charanson était dubitatif...

Eusèbe Charanson était dubitatif...

Eusèbe Charanson serait encore dubitatif à cette heure si un jeune inspecteur de police judiciaire n'était pas intervenu à cet instant précis du récit. Il avait découvert un indice de taille : un bouton, un bouton de gabardine (homme, taille 43), retrouvé dans la main crispée de la victime.

«Une chance inouïe», s'exclama Eusèbe Charanson. Il lui en manquait justement un, de bouton, à sa gabardine (homme, taille 43), exactement le même modèle.
Un moment interdits, ses collègues réagirent très vite. En moins de temps qu'il n'en faut pour le dire, l'écrire, le lire, le bouton fut recousu. La gabardine était comme neuve.

Eusèbe Charanson rota, content. Il n'avait pas totalement perdu son temps, ni volé ses émoluments. Et d'un pas léger, il rentra chez lui.

C'est sur le chemin de son petit pavillon qu'il fut fauché par un camion de livraison. Transporté d'urgence à l'hôpital Saint-Abélard, il succomba quelques heures plus tard, achevé à coups de talon aiguille par un interne ivre mort.

Comme quoi, on est peu de chose.

2.

Les funérailles furent sobres et de bon goût, la veuve éplorée sans ostentation, les collègues contrits et les discours interminables.

L'enquête, quant à elle, atterrit sur le bureau réglementaire du commissaire Anatole Manjin. Anatole Manjin, l'Anatole Manjin : plus qu'un nom, une légende vivante.
Ses victoires sur le crime étaient gravées dans toutes les mémoires et même au fronton de certains édifices publics.
La racaille le craignait comme la presse l'adulait et ses collègues l'admiraient, tandis que le chameau, le chameau presque immobile au milieu des vastes étendues désertiques, le chameau, lui, blatère.

Anatole Manjin se saisit du dossier du geste las de celui qui en a vu d'autres, jeta un coup d'œil aux pièces qu'il contenait, et lâcha, désabusé :
— Saperlipopette, sale affaire. Bien ma veine à quinze jours de la retraite.
Il reposa le tout sur son bureau réglementaire qui en avait vu d'autres, lui aussi, bourra sa pipe, l'alluma assez négligemment. Se cala alors dans son fauteuil et patienta quinze jours.

3.

Anatole Manjin une fois à la retraite, le bureau réglementaire et le dossier de l'enquête ainsi qu'une couche de poussière de quinze jours furent attribués au bénéfice de l'âge à l'inspecteur Gaspard d'Autain.

D'Autain convoqua tous les suspects de ce qu'il faut bien maintenant appeler l'Affaire. Demain, huit heures dans son bureau. Non, pas demain : demain, c'est férié. Ensuite, il y a un pont. Alors, un autre jour. C'est ça, un autre jour, sans attendre, alors. On a trop attendu dans cette affaire. Il faut battre le fer quand il est chaud, ne jamais mettre ses œufs dans le même sabot car tant va la cruche à l'eau qu'à la fin les souris dansent.

Il était comme ça, d'Autain, direct.

Cet autre jour, ce sera un mardi, un petit mardi de décembre assez quelconque. J'aime cette idée.
Se retrouvèrent alors devant l'inspecteur d'Autain :
– le majordome de la victime,
– un nain,
– le valet de chambre de la victime,
– la cuisinière de la victime,

– la très jeune veuve de la victime,
– un nain,
– le neveu de la victime,
– un nain,
– le chauffeur de la victime,
– le jardinier de la victime,
– un nain.

Dès les premiers interrogatoires, il apparut qu'il n'y avait qu'un seul nain qui ne faisait que bouger tout le temps, perturbant tout le monde.
Ensuite, tous avaient un alibi.

Le majordome regardait un magazine illustré au premier étage en astiquant les chaussures de la victime.
Le valet de chambre, à l'entresol, regardait la radio en astiquant le chien de la victime.
La cuisinière jouait « Sambre & Meuse » au cor de chasse à l'office.
La très jeune veuve n'était pas encore veuve et ça lui remplissait bien sa journée.
Le neveu, dans sa chambre du second, faisait des sculptures avec ses crottes de nez.
Le chauffeur buvait sa semaine dans le cellier.
Le jardinier suivait par correspondance des cours d'initiation à la boucherie-charcuterie dans la serre.
Le nain s'agitait en tous sens. Il était payé pour cela par la victime.

Il est clair également pour l'inspecteur d'Autain, sur la foi des rapports de police, ainsi que pour sa boulangère, mais pour de toutes autres raisons, que tous avaient d'excellents mobiles.

Le majordome, au casier judiciaire douteux, était un soupirant éconduit de la très jeune femme de la victime, la future veuve.

Le valet de chambre, bien connu des services de police pour ses menées subversives, était le mari jaloux et brutal de la cuisinière, qu'il soupçonnait d'être la maîtresse de la victime.

La cuisinière, plusieurs fois internée en hôpital psychiatrique pour troubles gastriques, n'était autre que la maîtresse de la femme du défunt, ou si vous préférez de la future veuve de la victime.

La très jeune veuve, déjà impliquée dans quelques scandales retentissants où il était question de captation d'héritage et de morts suspectes, supportait de moins en moins bien ce mari vieillissant et richissime, chaque jour un peu plus vieux, chaque jour un peu moins riche.

Le neveu, arrêté plusieurs fois pour usage, détention et commerce de stupéfiants et de crottes de nez, vivait aux crochets d'un oncle qu'il haïssait depuis que celui-ci avait reconnu avoir violenté et engrossé sa mère le jour de la communion de celle-ci – sœur devenue mère des œuvres incestueuses de son frère – et qu'en plus d'avoir fait son malheur, pour l'héritage, il pourrait toujours se gratter.

Le chauffeur n'était, lui, et quand je dis lui je devrais écrire elle, oui, elle, nul autre que la mère du neveu, la sœur de la victime à qui la famille avait arraché l'enfant de la Honte par peur du scandale pour le placer chez les frères maristes du Saint-Sépulcre, d'où il fut renvoyé pour odeurs d'aisselles trop fortes et recueilli par son oncle (en fait, son père, mais à l'époque il l'ignorait), qui en fit son souffre-douleur. Vous me suivez toujours? Cette mère, affublée d'une fausse barbe, s'était fait engager comme chauffeur, gageons dans le but de préméditer quelque mauvais coup. Comme quoi, non seulement la victime n'avait pas l'esprit de famille, mais n'était pas tellement physionomiste non plus.

Pour le jardinier, de nombreux témoignages concordants le décrivirent comme membre d'une secte mystérieuse, les Fils des Soubasky solaires, dont la mission sacrée est d'exterminer les Vieillards Richissimes Récemment Mariés à de Très Jeunes Femmes aux Tendances Lesbiennes, et Ayant Eu des Rapports Incestueux avec Un ou Plusieurs Membres de Leur Famille. Coïncidence troublante.

Quant au nain, la disparition de son employeur le jetait à la rue. Autant dire que son animosité envers la victime était telle qu'il fut naturellement considéré comme le suspect numéro 1.

Sur ces entrefaites, l'inspecteur Gaspard d'Autain mourut.

Pour la description des funérailles, se reporter plus haut. L'on aura soin d'en ôter la veuve éplorée, d'Autain était célibataire. Un chien fidèle, de marque indéterminée mais efflanqué, la remplacera avantageusement.

4.

Le jour suivant, Pierre-Edmond Jacquet se saisit du dossier, reprit en main l'enquête, s'attaqua à l'Affaire.

Pas pour longtemps.
Le soir même, alors qu'il se lavait paisiblement les dents, il se tira une balle dans la tête, ayant cru voir un cambrioleur dans la glace.
Tragique méprise.

Comme il était célibataire, d'un naturel taciturne, ne goûtant que très modérément la promiscuité des chiens efflanqués, mais grand amateur d'ichtyologie, son convoi funéraire ne fut suivi – détail poignant – que par un bocal de poissons rouges.

5.

Son successeur, Erwan Plenven, ne croyait ni au hasard, ni aux coïncidences.
Toutes ces morts liées à l'enquête avaient une explication : l'Affaire était maudite. Il confia à ses supérieurs hiérarchiques, ainsi qu'à son entourage proche, qu'un exorcisme s'imposait.

Ce doit être à cet effet, pense-t-on, qu'il prit le lendemain matin son service chargé d'une boîte d'allumettes et de deux bidons contenant chacun quinze litres d'essence.

Il ne fallut pas moins de quatre compagnies de pompiers pour venir à bout d'un incendie que certains n'hésitèrent pas à qualifier d'assez exceptionnel. Dans les décombres encore fumants, on ne retrouva d'Erwan Plenven qu'un pied droit, en état de choc. Celui-ci fut confié à un institut spécialisé. Le visitent parfois, le dimanche, quelques militaires en permission, ou des familles nombreuses en mal de sensations.

La préfecture de police déménagea un temps sous des tentes berbères, du côté d'un parc d'attraction aujourd'hui disparu, puis dans un bar-tabac-recel au croisement de l'avenue Émeline-Joubart et de la rue du Chat-qui-Pète.

C'est à peu près à cette époque que la presse s'empara de l'Affaire. Dans les rédactions, beaucoup soupçonnaient le scandale politique.
Les hypothèses les plus hasardeuses, les plus extravagantes, s'étalèrent à la une des quotidiens.
Les tirages grimpèrent en flèche. Le public aime le mystère.
Un très jeune reporter de *La Petite République nantaise*, Gédéon l'Éclair, était persuadé que la clef de l'énigme se trouvait sur les lieux mêmes du crime. Aussi, dans le plus grand secret, s'introduisit-il nuitamment dans l'hôtel particulier de la victime.

Le lendemain matin, Gédéon l'Éclair avait disparu, ainsi que les meubles et bibelots de grande valeur, les tableaux de collection, les bijoux, l'argenterie et le contenu du coffre-fort.

Le mystère s'épaississait.

6.

L'idée de Gédéon l'Éclair ne devait pas être si mauvaise que cela, puisque Charles Fenlabise, rédacteur du *Limougeois*, la reprit à son compte. Mais, cette fois, avec l'accord des autorités compétentes. Et, pour plus de sécurité, il se fit enfermer à double tour et sous haute protection au 79, rue des Cailloux-qui-Moussent.

Au même moment, des troubles sociaux éclatèrent. Il y eut des grèves sauvages. Les revendications d'ordre salarial firent place à une contestation radicale du régime. Les directions syndicales furent très vite débordées par leur base. Les manifestations ouvrières dégénérèrent en émeutes. L'action de la police fut maladroite et inappropriée.
L'agitation gagna les milieux universitaires. La répression fut féroce. On déplora des morts. On limogea le ministre de l'Intérieur au plus mauvais moment. Les campagnes entrèrent à leur tour en ébullition.
Il y eut une très mauvaise gestion de la crise. De fâcheuses erreurs de communication gouvernementale furent commises. Il y eut des scènes de pillage. La Chambre des députés exigea que le pouvoir prenne ses responsabilités. La rue réclama des têtes. L'armée intervint brutalement pour ramener l'ordre. La populace la conspua violemment.

Le gouvernement tomba.
Il y eut des élections anticipées. La campagne électorale fut entachée de graves irrégularités. L'immense majorité du personnel politique fut définitivement discréditée aux yeux de l'opinion publique.
Il y eut des scandales politico-financiers en rafale.
L'opposition populaire redoubla de vigueur.
Le pays fut au bord de la guerre civile, de l'anarchie.
L'armée intervint rapidement pour ramener le calme. Le peuple l'acclama chaleureusement.
Le gouvernement tomba.
Il y eut de nouvelles élections anticipées. La campagne électorale fut empreinte d'une grande dignité. À l'heure grave où le pays traversait l'une de ces crises terribles dont nul ne songerait à minimiser l'ampleur, il fallait d'urgence se ressaisir et se détourner des vaines polémiques pour se placer résolument dans l'optique d'une opposition constructive. Aussi, d'emblée, le débat démocratique se porta-t-il sur la confrontation des idées et des programmes, rejetant les rancunes mortifères, les archaïsmes partisans qui avaient mené la Nation au bord du gouffre. Il se dégagea un souci constant d'apaisement social et la volonté sincère d'une réconciliation de toutes les composantes de la société.
Il y a un taux d'abstention record.
Il y eut un nouveau gouvernement.
Il y eut une augmentation substantielle du pouvoir d'achat des classes moyennes.

Avec tout ça, on avait un peu oublié Charles Fenlabise.

Quand on le libéra enfin, il tenait des propos incohérents. La faculté de médecine le jugea dément. Interné dans un hôpital psychiatrique, il se laissa pousser la barbe.

D'autres journalistes s'essayèrent au procédé.
L'un s'enfuit avec le parquet et les tentures.
Un autre sombra dans un mysticisme nerveux.
Un dernier, enfin, fut abattu par les agents de police comme un chien, et son corps exposé pour décourager les suivants.

Ses confrères comprirent qu'il n'y a plus rien à gagner de ce côté-là, sinon un mauvais coup. Ils se convertirent en masse dans la restauration rapide.

7.

Il fallait être fondamentalement désespéré et d'une inconscience peu commune, ou alors cliniquement idiot, pour se rendre dans les bureaux de Marc Balmard : deux pièces basses de plafond, chichement éclairées, au dernier étage pisseux d'un immeuble vétuste et insalubre coincé au fond d'une ruelle sordide dans l'un des quartiers les plus pouilleux de la capitale.

Ici, tout n'était que larcin médiocre. Ici, tout se volait de jour comme de nuit : les portefeuilles, les montres, les gilets, les chaussures, tout, vous dis-je : les bancs publics, les kiosques à musique, les réverbères et jusqu'aux trottoirs, jusqu'au nom des rues, dérobés prestement et revendus dans l'heure par la faune locale, un ramassis d'épaves interlopes, pâles voyous de second ordre, vilaine racaille confite dans l'ivrognerie la plus écœurante, harengères sur le retour, prostituées laborieuses, garçons coiffeurs endimanchés, montreurs de puces faméliques.

Cette promiscuité ne semblait toutefois pas gêner outre mesure Marc Balmard. Il est vrai que frayer en eaux troubles était chez lui plus qu'une seconde nature : Marc Balmard était détective. Détective privé. Enquêtes, filatures discrètes, retours d'affection, bidets bouchés, une solution : Marc Balmard.

Non, la seule chose qui vraiment lui minait le moral, qu'il avait pourtant en béton, c'est une absence dramatique de clients. Voilà bien longtemps que personne n'était venu frapper à la porte de son bureau.

D'abord, parce que le désespéré fondamental se fait rare, et que les idiots cliniques n'ont qu'exceptionnellement besoin d'un détective privé. Ensuite, parce qu'on lui avait volé sa porte.

« Les affaires vont mal », maugréa Marc Balmard, en jetant un rapide coup d'œil à la pile compacte de factures impayées qui obstruait la porte du cabinet de toilette.
L'alternative était simple : ou trouver un max de fric pour éponger ses dettes, ou réduire de façon drastique son hygiène corporelle, déjà succincte.

Il palpa, désabusé, la crosse de son pistolet automatique au calibre avantageux, de marque étrangère, mais dûment agréée par les autorités compétentes.
Le contact du métal froid le rassurerait, pensa-t-il.

Hélas, l'étui en peau de chamois retournée qu'il portait sous l'aisselle et qui ne le quittait jamais se révéla vide de toute espèce d'arme automatique de quelque calibre que ce soit.

Marc Balmard dut se rendre à l'évidence : on venait de lui dérober son pistolet. Il étouffa entre ses dents un juron particulièrement obscène. C'était le quatrième qu'on lui volait cette semaine.

Pour se calmer, le détective se servit copieusement d'un alcool fort dont la consommation à la limite de la légalité était fortement déconseillée par l'Académie de médecine et par quelques autres institutions sanitaires.

Il lui fallait trouver un moyen de se refaire une situation financière acceptable et de quitter avec célérité l'ornière nauséabonde dans laquelle il était en train de pourrir passablement, de s'étioler sans aucun doute.

Ce moyen, il l'avait peut-être trouvé. Il était peut-être même devant lui, sous ses yeux.

Il se resservit consciencieusement une seconde rasade de ce que dans certaines sphères plutôt bien informées on n'hésite pas à appeler un « débouche-évier ».

Mais Marc Balmard se moquait de ce que pouvaient penser les sphères, même bien informées. Il aimait sincèrement cet infâme tord-boyaux, peut-être à cause de son odeur prégnante de pin des Landes qui lui rappelait sa jeunesse.

Sur son bureau, que convoitaient quelques huissiers fébriles, il avait disposé, répertorié, trié, classé, numéroté, annoté tous les documents possibles ayant trait à l'Affaire du 79, rue des Cailloux-qui-Moussent: rapports de police, compte-rendus du médecin légiste, procès-verbaux, expertises, contre-expertises, mémoires, recensions, résumés, notes, témoignages, coupures de presse, articles de magazines illustrés, en noir et blanc et en couleur. Tout était là, étalé devant lui, ainsi qu'une barre de chocolat pour son goûter.

« Si j'arrivais à démêler l'écheveau inextricable de cette ténébreuse affaire, mazette! Quelle publicité pour Marc Balmard, détective! » se dit-il. Il porta machinalement la main à l'étui en peau de chamois retournée, et comme de bien entendu n'y trouva pas le contact rassurant du métal froid. Ni même, d'ailleurs, l'étui.
Il dut se rendre à l'évidence : on venait de le lui voler.

Marc Balmard soupira, pas plus surpris que cela, un peu fatigué peut-être.
Il rejeta la tête en arrière et ferma les yeux un instant, histoire de faire le point.
Erreur funeste.

Quand il les rouvrit, ce fut pour constater qu'on lui avait volé son goûter, la totalité des documents qui se trouvaient sur son bureau, le bureau lui-même, le téléphone, un canapé-lit, ainsi qu'une grande partie des appliques électriques, un radiateur d'appoint et le fauteuil dans lequel il était assis.

Marc Balmard chut.

Péniblement, il se releva, s'épousseta de façon assez sommaire, se gratta avec une vigueur peu commune l'entrecuisse et se dirigea d'un pas lourd et décidé vers la patère où, usuellement, était accroché son imperméable mastic.
L'imperméable mastic ne s'y trouvait plus. Marc Balmard ne s'en étonna pas. Comme il ne restait plus que la patère, il la décrocha et l'emmena avec lui comme souvenir.

Plus rien ne le retenait ici.

Il quitta donc sans regret ces lieux et s'enfonça dans la nuit avec sa patère, rejoignant la foule des anonymes où il se fit encore dépouiller, de ses souliers à un carrefour, un peu plus loin de ses bretelles, ailleurs enfin de son pantalon.

8.

Entre-temps, les témoins du drame s'occupaient comme ils pouvaient. L'un d'eux avait même ouvert une boulangerie.

9.

Il était très exactement minuit moins dix quand un homme se présenta à l'entrée du commissariat central du 8e arrondissement. Il exigea du planton de service qu'il l'introduise toutes affaires cessantes auprès de son supérieur hiérarchique. Il avait des révélations à lui faire, de la plus haute importance, des révélations ayant un rapport direct avec l'Affaire : l'Affaire du 79 de la rue des Cailloux-qui-Moussent.

« Il y a du coup de théâtre dans l'air », lâcha-t-il enfin, circonspect.

Un moment interdit, le fonctionnaire lui répliqua, en ponctuant son propos de grands coups de matraque, qu'il était minuit passé, qu'à cette heure indue tous les bureaux étaient fermés et qu'il lui conseillait instamment de revenir le lendemain matin, à l'heure d'ouverture légale des services administratifs. Disons vers huit heures, huit heures et demie.

Effondré sur la chaussée humide, baignant dans son sang, l'homme attendit donc patiemment le lendemain matin.
Vers huit heures, huit heures et demie, il fut réveillé par l'arrivée des agents administratifs, qui le piétinèrent distraitement en

allant prendre leur service. L'homme se releva douloureusement et pénétra à leur suite dans l'imposant édifice public à l'architecture vaguement néoclassique.

À peine fut-il dans le hall qu'un policier en tenue réglementaire s'enquit des raisons de sa venue et le questionna habilement sur l'origine de ses ecchymoses et sur l'aspect débraillé de sa personne, tout en lui labourant les côtes avec un manche de pioche.

L'homme était sur le point de succomber à cet interrogatoire serré quand son interlocuteur fut interpellé de façon assez cavalière par un individu que nous qualifierons par pudeur de louche.

Il avait le teint blafard, les paupières tombantes, la mine chafouine, le regard torve, le sourire veule, la langue chargée, les dents gâtées, le menton fuyant, le nez proéminent, les oreilles décollées, le cheveu gras mouillé, la raie au milieu, un corps malingre, les genoux cagneux, les avant-bras tatoués, les ongles sales, les pieds plats et des aigreurs d'estomac.

Et mauvais genre avec ça, vulgaire, même. Vulgaire comme seuls certains chirurgiens-dentistes de province peuvent l'être.

« C'est à quel sujet ? » lui demanda abruptement le policier, sans lâcher son manche de pioche auquel il semblait tenir beaucoup.

L'individu louche et vulgaire ne se troubla pas. Il exigeait qu'on l'introduise toutes affaires cessantes auprès du supérieur hiérarchique. Il avait des révélations à faire, de la plus haute importance, ayant un rapport direct avec l'Affaire : « l'Affaire du 79 de la rue des Cailloux-qui-Moussent, se permit-il de préciser. Il y a du coup de théâtre dans l'air. »

Cinq minutes plus tard, l'individu louche et vulgaire se trouvait confortablement assis dans le bureau du peu commode commissaire divisionnaire Joël Armando.
Ce dernier reconnut tout de suite son visiteur, qui pourtant avait pris soin, dans le couloir, de s'affubler d'une fausse barbe et de passer sur son costume une soutane d'archimandrite de Constantinople.
C'était lui, oui, c'était bien lui : Léon Marie Joseph.

La crème de la racaille, la plus vile fripouille qui ait jamais eu le mauvais goût de venir au monde, un malfaisant au casier judiciaire qui tenait de l'encyclopédie des crimes et délits. Tout ce qu'il y avait d'illégal n'avait aucun secret pour Léon Marie Joseph, avec une certaine inclination naturelle pour le sordide et le scabreux.

Ajoutons à toutes ces qualités qu'il était le meilleur indicateur du commissaire Armando.
« Que me vaut l'honneur ? grommela Joël Armando.
— Tu ne t'en doutes pas un peu ? persifla Léon Marie Joseph.
Et il tendit au commissaire un lourd cahier taché de sang.
— Comment t'es-tu procuré ça ? éructa Armando.
— Ça ne te regarde pas, regimba la gouape en troquant sa soutane contre une robe à parements mauves de danseuse de flamenco et en abandonnant sa barbe postiche au profit d'une mantille noire.
Car c'était un homme qui savait prendre ses précautions en déplacement.
— Tout ce que je te demande en échange, c'est de laisser tomber l'enquête sur mes petites pensionnaires. »

Le commissaire divisionnaire eut un hoquet. Les « petites pensionnaires » ! Depuis quelque temps, Léon Marie Joseph s'était lancé dans une activité infâme mais fort lucrative.

Il procurait à de riches amateurs, contre de fortes sommes d'argent, de très vieilles femmes quasi impotentes, pour des parties d'échecs endiablées qui pouvaient durer jusque très tard dans la nuit. Mais il y avait eu des plaintes quand les « clients » s'étaient rendu compte que les parties étaient truquées. Les vieillardes dissimulaient dans leurs manches de chemisier en satin des rois, des tours et même de simples pions.
Une sale affaire, un scandale énorme avec beaucoup de beau linge impliqué, et la Fédération internationale des joueurs d'échecs qui s'était portée partie civile.

« Alors, ta réponse, gros flic ? » railla le voyou en entamant devant le représentant de l'autorité judiciaire, médusé, un paso doble trépidant.

Armando, troublé par le discours de l'apache, envisagea dans un premier temps de suivre un régime basses calories, et puis aussi de se remettre au sport. La natation, peut-être ?
Enfin, il y avait ce qu'il tenait dans les mains : le lourd cahier taché de sang.
Et qui n'était rien moins que le journal intime de Jean-Jacques de Tréfond-Trévise.
L'homme retrouvé mort, assassiné, au 79, rue des Cailloux-qui-Moussent.

LE JOURNAL INTIME DE JEAN-JACQUES DE TRÉFOND-TRÉVISE

Samedi 12 novembre
8 h Je me réveille
21 h Je me rendors

Dimanche 13 novembre
8 h Je me réveille
21 h Je me rendors

Lundi 14 novembre
8 h Je me réveille
21 h Je me rendors

Mardi 15 novembre
8 h Je me réveille
8 h 10 Je sors de mon lit
8 h 15 Je prends un copieux petit-déjeuner
8 h 15 Je fais ma toilette, je me douche,
je me rase, je me brosse les dents
8 h 15 Je me coiffe
8 h 15 Je me fais la raie au milieu
8 h 15 Je m'habille pour la journée
8 h 15 Je me rends compte que mon réveil est arrêté
8 h 15 En vain je tente de le remettre en marche
8 h 15 Le réveil est cassé

8 h 15 Je cherche ma montre
8 h 15 Je ne retrouve plus ma montre
8 h 15 J'ai perdu ma montre
8 h 15 Toute cette agitation m'a épuisé, je retourne me coucher

Mercredi 16 novembre

Je me réveille de bon matin d'excellente humeur. Je me rappelle que j'ai une très jeune épouse, aussi je me rends dans ses appartements et abuse d'elle à plusieurs reprises sauvagement.

Mis en appétit, je saute sur le valet de chambre quand celui-ci se présente avec le thé au lait et les biscottes beurrées de ma femme. Et je le sodomise.

Décidément très en forme, je décide de faire subir les derniers outrages à la cuisinière. Je la retrouve à l'office où je lui fais passer un sacré quart d'heure.

Croisant le majordome dans l'escalier, j'en profite pour le prendre comme un soudard.

C'est gonflé à bloc, avec un mental d'acier, que je pénètre dans la chambre de mon crétin de neveu. Je l'y trouve et renouvelle avec lui mes prouesses sexuelles dans des positions inédites et avilissantes en l'obligeant à bramer des propos orduriers d'une rare obscénité.

Puis, le cœur léger, je me dirige vers la cabane du jardinier. Là, à même le sol, je défonce le fondement de ce dernier avec les formidables coups de boutoir de mon terrible braquemart.

Certainement attiré par les cris, voici que surgit mon chauffeur.

Consciencieux, je lui arrache son pantalon et le pénètre avec la fougue qui me caractérise. Je m'aperçois à cette occasion que mon chauffeur est une femme. Il en sera quitte pour une fellation supplémentaire.

Le reste de la journée, je cours après mon nain, personne fort agitée et que j'ai attaché à mon service dans le seul but de me distraire.
Je n'aurais jamais cru qu'avec de si petites jambes on puisse être aussi véloce.
Mais en fin de compte, je l'ai eu lui aussi. J'ai dû l'attacher car il se débattait fort.
Après un rapide souper, je m'effondre, repu et comblé, sur mon lit, sans même me laver les dents.

En pleine nuit, pris d'un remords soudain, je me rends dans la niche de mon chien.
Puis je retourne me coucher.

Jeudi 17 novembre
On m'annonce la visite de C*** et de M***. Que peuvent-ils bien me vouloir d'aussi bon matin ?
Je les accueille chaleureusement, tous deux étant d'excellents amis de S*** avec qui je suis au mieux.
Ils viennent pour m'annoncer que S***, justement, a rompu ses fiançailles avec mademoiselle V***.
Je reste abasourdi par cette nouvelle. Je connais également assez bien V*** pour l'avoir rencontrée quelquefois chez la Marquise de Q***, qui tient l'un des salons les plus brillants qui soient, l'un de ces lieux privilégiés où le bon goût côtoie la noblesse la plus exquise.
Je m'étais laissé dire que la famille V***, bien que n'étant totalement pas du même monde que moi, fréquentait beaucoup le député L***. Nous avions sympathisé.

Encore sous le coup de l'émotion, je prends congé de mes deux amis. Sur le trottoir, je m'aperçois que je suis encore en pyjama et en robe de chambre. Je me souviens alors que c'est eux qui m'ont rendu visite et non l'inverse.
Prestement, je reviens sur mes pas et je les jette dehors.
En hommes du monde accomplis, ils feignent de ne pas avoir remarqué mon trouble et me donnent rendez-vous le soir même au bal que la Comtesse d'A*** donne en son hôtel de P*** de S***.

C*** et M*** partis, je reste seul, en proie à la plus extrême agitation. Comme il m'est impossible, dans ces conditions, d'accomplir la moindre tâche, j'abandonne, encore fébrile, le cabinet de travail dans lequel je m'étais réfugié et je sonne mon valet de chambre afin de choisir la tenue la plus appropriée pour la soirée.
Après plusieurs essais, je me décide finalement pour un ensemble de golf pied-de-poule rehaussé d'une fourragère à gland mordoré. Un casque de pompier du plus bel effet et une paire de palmes complètent l'équipage.
Puis je me ravise, et opte en définitive pour le smoking sobre, classique, indémodable, qui met en valeur ma taille bien prise, mes épaules larges, mon torse puissant et le galbe de mon jarret. Je garde les palmes comme par défi.

C'est ainsi que j'attends, assis nonchalamment dans le hall, l'heure de me rendre au bal de la Comtesse d'A***, en fumant une cigarette. Comme il est à peine midi, j'attends longtemps.

J'ai déjà fumé tout un paquet de cigarettes anglaises, ainsi qu'une boîte de cigares, quand le majordome annonce que ma voiture est avancée.

À regret, j'abandonne le narguilé que je viens tout juste d'allumer et j'enfile des gants beurre frais.
J'ajuste mon monocle.
Je me saisis de ma canne et de mon chapeau.
Je saute dans mon automobile qui démarre en trombe, à peine la portière refermée, sous les vivats et les bravos des passants.

Un bal de la Comtesse d'A*** est toujours un événement que pour rien au monde les gens bien nés ne manqueraient sans déchoir. Admirable maîtresse de maison, délicieuse hôtesse, la Comtesse d'A*** n'a pas son pareil pour recevoir. Elle convoque tout ce que l'industrie du luxe peut humainement produire de plus beau et de plus raffiné. La beauté : voici le maître mot, et la magnificence, la règle.
L'on est certain d'y croiser quelques artistes de renom, les plus beaux esprits du moment, les gloires du siècle, et moi.
Un bal chez la Comtesse d'A***, c'est un tourbillon affolant et divin de zibeline, de soieries, d'organdi, de perles, de diamants, de jaspe, de vison, d'astrakan. Les plus beaux saphirs au cou des plus belles femmes du monde, au bras des hommes du monde les plus riches.

Toute la bonne société s'y presse pour y faire assaut d'esprit et d'élégance. Et, entre deux bons mots, l'on se grise de vin de Champagne qui coule à flots.
Dans certain salon de l'hôtel particulier de P*** de S***, entre gens de qualité, on joue au billard.

Des impromptus s'y donnent devant un aréopage d'hommes politiques dévots et d'ecclésiastiques ministrables; ici, la Finance tient le bras à la Presse; là, l'Industrie salue l'Académie.
L'orchestre joue toute la nuit. On danse jusqu'à l'aube.
Et les pauvres, on les emmerde.

Surprise! Ce n'est pas l'aimable tumulte des grands soirs auquel je suis habitué qui m'accueille lorsque j'arrive à destination; mais, plus prosaïquement, le hurlement des sirènes des camions de pompiers et la noria des ambulances qui obstruent avec obstination les alentours de l'hôtel particulier de la Comtesse d'A***.

Après avoir fait stopper mon véhicule, je m'enquiers auprès d'un de ces virils combattants du feu des raisons de toute cette agitation. Il me répond, de façon assez peu aimable, que lui-même et ses sept cent trois camarades, tous grades confondus, viennent de mettre un terme à l'incendie qui, il y a encore cinq minutes à peine, ravageait l'hôtel particulier de la Comtesse d'A***, réduisant en cendres ce petit joyau de bon goût, ce temple de l'art de vivre, carbonisant irrémédiablement sénateurs, députés, banquiers, célébrités des arts et des lettres, illustres académiciens, prélats, ambassadeurs, princes, nobles divers et variés, un orchestre symphonique au grand complet, la maîtresse de maison, son époux le Comte d'A*** et la plus grande partie du petit personnel.

Ce que le feu avait épargné, l'action puissante des lances à incendie l'avait irrévocablement gâté. Tableaux de maître, tapisseries rares, boiseries délicates,

vaisselle et faïence, meubles antiques, collections de timbres : de tout cela, il ne restait plus rien, ou alors pas grand-chose : un peu de cendre, mêlée à beaucoup d'eau. De la boue, en quelque sorte.
Ces renseignements donnés, le vaillant sapeur-pompier m'intime l'ordre de circuler promptement vers d'autres cieux, et ce faisant de libérer son pied, droit je crois me souvenir, que la roue de mon automobile écrasait avec ostentation depuis le début de notre entretien. J'obtempère de bonne grâce et commande à mon chauffeur de me conduire à la maison.
De retour chez moi, très affecté par la disparition de tous ces proches, je monte quatre à quatre les marches de l'escalier jusqu'à la chambre de mon neveu et, pour me détendre, je le rosse d'importance.
Toutes ces émotions m'ont à ce point épuisé que je n'ai même pas la force de faire subir le même traitement à toute la maisonnée. Et puis, il est tard. Je m'effondre sur mon lit et je m'endors.

Vendredi 18 novembre
Je suis malade, je vomis partout

Samedi 19 novembre
Le temps est à chier

Dimanche 20 novembre
Aujourd'hui, j'ai rien foutu du tout

[Viennent ensuite, sur plusieurs pages, une série de gribouillis illisibles, ponctués par endroits de dessins puérils à caractère franchement pornographique.]

Lundi 4 décembre

Lundi 4 décembre, encore que je ne sois pas certain de la date, je reprends la rédaction de mon journal. Je n'ai toujours pas abandonné l'espoir de le faire éditer un jour prochain. Pour être plus au calme, je me suis enfermé dans la pièce du haut, celle-là même qui n'a ni fenêtres ni cheminée.

Je ne risque pas d'être dérangé.

Il est presque minuit.

La relecture de ce que j'ai déjà écrit est pour moi une expérience épouvantable. Nostalgie des jours heureux, à jamais passés, et incompréhension : qui sont tous ces gens ?

Qui se cache sous les initiales C***, V***, S*** et même Q*** ?

Impossible de m'en souvenir.

C'est complètement con comme système. Avec tout ça, je ne m'y retrouve plus. Tirer ça au clair.

Soudain, je sens une présence hostile dans mon dos.

On m'agresse de trente-six coups de hache.

[Une énorme tache de sang clôt définitivement le journal intime de Jean-Jacques de Tréfond-Trévise.]

9bis.

Le commissaire Joël Armando referma brutalement le lourd cahier et soupira.
«Voilà qui élimine définitivement la thèse du suicide, mais ça, nous le savions déjà depuis longtemps.» Et il ajouta, en exhibant un pistolet automatique flambant neuf aux proportions qui forçaient le respect: «Et toi, je t'arrête pour vol et détention de pièce à conviction.»
«Fils de haridelle!» jura le repris de justice, qui avait entretemps revêtu une combinaison noire moulante et dissimulé le feu de son regard sous un loup de feutrine fuchsia. «Tu ne m'as pas encore!» siffla-t-il entre ses dents, en dégainant à son tour une arme de poing rutilante à la puissance de feu impressionnante.
Vif comme l'éclair, Armando bondit se mettre à couvert derrière son bureau et fit feu. Rapide comme la foudre, Léon Marie Joseph se réfugia derrière un porte-parapluie et fit parler la poudre. Les impacts de balle criblèrent les murs, déchiquetèrent le mobilier, firent exploser le lustre. Les vitres volèrent en éclat. L'air devint très vite irrespirable, saturé de plomb, dans un vacarme assourdissant.
Enfin, de part et d'autre, les munitions vinrent à manquer. Les armes se turent et firent place à un silence de mort.

Quand la fumée se fut totalement dissipée, les deux belligérants se relevèrent lentement de leur poste de tir, étrangement calmes, et se firent face, indemnes. Ce qui constituait un vrai miracle quand on sait que tous deux étaient des tireurs émérites et que le bureau du commissaire Armando ne devait pas faire quinze mètres carrés.
Et alors...
Et alors, Armando se rua sur Léon Marie Joseph en poussant un formidable kiaï, ou «cri qui tue», poing en avant dans la position dite du «coup de soleil tibétain», comme le lui avait enseigné son vénérable maître Li Pa Ho.
Mais Léon Marie Joseph, pour qui les techniques de combat shaolin n'avaient plus aucun secret depuis longtemps, esquiva avec grâce l'attaque pourtant foudroyante du commissaire, et en disciple accompli du vénéré Daï O Daï décocha un «pied de biche pékinois», appelé également «brise-vertèbres».
Armando ne dut son salut qu'à un double salto arrière et, avec la souplesse du tigre dans une bambouseraie, se mit dans la garde défensive-offensive mandchoue plus communément désignée sous le nom de «position du cheval qui pue», ce qui lui permit de contrer le terrible coup de pied mongol, ou «bol de soupe de nouilles chaudes», qui lui était destiné, et d'échapper au pernicieux enchaînement pieds-poings-jambes-genoux qui suivit.

Armando, à peine essoufflé, reprit l'initiative par une pluie de gauche-droite, gauche-droite, plat de la main, plat du pied, coup de hanche, balayage et jeu de jambes. Vieille méthode de corps-à-corps plurimillénaire, connue des seuls initiés du Temple lacustre des Mille Vertus ninja.
Imparable.
Imparable sauf pour les adeptes de la très secrète société des Trois Gourdins sacrés du Lotus vert, dont l'un des membres les plus actifs en Europe occidentale n'était autre que Léon Marie Joseph.

Un peu dépité devant ce nouvel échec pour mettre hors de combat cet adversaire décidément retors, Armando lui allongea un méchant coup de boule entre les deux yeux. En retour, il se prit une beigne.
Il répliqua par un vilain coup de latte direct à l'entresol du demi-sel qui, sans se démonter, lui fit tâter, en express, un savoureux bourre-pif des familles.
Ensuite, nos deux protagonistes s'échangèrent réciproquement quelques baffes de concours, genre premier prix de déplombage de molaires.
Après, ça vira franchement dans le confus. On fit dans la distribution gratuite de pains dans la gueule. On était comme qui dirait en période de solde pour la tarte à cinq doigts.

9ter.

Dès le début de l'échauffourée, alertés par les détonations et par les hurlements du commissaire, une trentaine d'agents s'étaient portés spontanément à son secours.
Trouvant la porte close, ils tentèrent avec une détermination farouche de la forcer. Hélas, celle-ci, sans doute d'excellente qualité, résista à tous leurs assauts pourtant nombreux, réitérés et même violents, puisqu'une hache à incendie fut, à un moment, mise à contribution. En vain.

D'autres options, assez intéressantes, furent étudiées, comme celle consistant à percer le mur adjacent à coups de piolet, ou bien encore cette autre préconisant de creuser un tunnel sous le parquet.
Mais le temps manquait pour les mettre en œuvre, et les échos qui leur parvenaient de l'intérieur étaient tout sauf rassurants. La mort dans l'âme, ils se résolurent à ce que l'un d'eux se contente de tourner la poignée et ouvre benoîtement la porte, sacrifiant la dramaturgie sur l'autel de l'efficacité.

C'est ainsi qu'ils pénétrèrent en rangs serrés dans le bureau du commissaire Joël Armando. Mais de bureau, il ne restait plus

grand-chose. Ce qui s'offrait à leur regard éberlué tenait plutôt du champ de betteraves après labour.
« Emparez-vous de cet homme ! » ordonna péremptoirement Joël Armando.
« Lequel ? » s'exclamèrent en chœur ses hommes, car dans l'intervalle, Léon Marie Joseph s'était habilement grimé en plante verte.
« Emparez-vous de cette plante verte ! » tonna Joël Armando, qui ne fut pas dupe longtemps du subterfuge.

Ce fut dantesque.
Ce fut homérique.
Ce fut à la limite du croyable. Ce fut même, par moments, mais par moments seulement, franchement indescriptible.
Et, dans une certaine mesure, c'est tant mieux pour tout le monde.
« À moi !
— Tous sur lui !
— Vous ne m'avez pas encore !
— Sang du diable !
— Chacal !
— Rascal !
— Paltoquet !
— Gros con !
— Sang du diable !
— Prends ça !
— Et puis non, plutôt ça.
— Ou alors ça.
— Sang du diable !
— Passe-toi ça entre les dents, pour voir si y'a un os...
— Mais il a bouffé du lion, ce particulier !
— Mais il a été nourri au sein d'une moissonneuse-batteuse !
— Son père était marteau-pilon.
— Sang du diable !

— Gare !
— Gaffe !
— Attention !
— Il tente de nous échapper !
— Il nous échappe !
— Il s'échappe !
— Sang du diable !
— Ta gueule !
— Il s'est jeté par la fenêtre.
— Le malheureux !
— Pourquoi « le malheureux » ?
— Dame, c'est la mort assurée. Nous sommes au cinquième étage.
— Plus depuis la semaine dernière.
— Sans blague ?
— On s'est enfin décidé à redéployer les services. Le bureau du commissaire est maintenant au rez-de-chaussée.
— Mais alors, qui occupe le cinquième étage ?
— Boulard.
— Je croyais que c'était Jansen ?
— Non, Jansen reste au troisième, à côté de la documentation.
— C'est Mademoiselle Sophie qui doit en faire, une tête.
— Mademoiselle Sophie, elle ne devait pas être mutée ?
— En province.
— Un avancement au bénéfice de l'âge.
— C'est Jansen qui doit en faire, une tête.
— Pourquoi ?
— Pour rien !
— Attendez, je pense à une chose.
— Oui ?
— Si le bureau du commissaire Armando, où nous nous trouvons, n'est plus au cinquième...
— Oui ?
— ... mais au rez-de-chaussée...

— C'est cela même.
— Alors, il y a peu de chances pour que notre fuyard ait trépassé.
— C'est plus que probable.
— Ce n'est plus une chute qu'il aura effectuée, à la limite, c'est un bond.
— Mais alors...
— Alors, tous à sa poursuite ! »

C'est le commissaire Joël Armando qui prononça cette dernière phrase, avec l'autorité naturelle au vrai chef et l'esprit d'initiative qui le caractérisait.
De fait, tous sans exception se précipitèrent à la suite de Léon Marie Joseph par la fenêtre restée ouverte, pour s'écraser cinq étages plus bas sur le cadavre disloqué et encore fumant de ce qui avait été l'un des plus redoutables criminels de son temps.

Un regrettable contretemps, dû, on le suppose, à quelque dysfonctionnement administratif, avait semble-t-il retardé de quelques jours le déménagement au rez-de-chaussée du bureau du commissaire Joël Armando.

Quand le commissaire Armando reprit connaissance, péniblement il faut bien l'admettre, ce fut pour constater non sans un certain effroi qu'il se trouvait juché dans une position fort peu protocolaire, compte tenu de son grade, sur un tombereau massif de corps sans vie, un enchevêtrement de membres disloqués, de torses broyés, de crânes fracassés et de chaussettes dépareillées.
Matelas funèbre, mais copieux et surtout providentiel puisqu'il avait amorti la chute d'Armando, qui sans cela se serait révélée fatale. Cinq étages, pensez donc, ce n'est pas rien. Avec du trois mètres sous plafond, et je ne vous raconte pas le rez-de-chaussée. Tenez, rien que dans le hall, eh bien, du plancher aux lambris, il y a au moins cinq mètres.

Alors, à l'atterrissage, c'est douloureux, normal. Surtout quand vous arrivent là-dessus cent trente kilos de commissaire, histoire d'achever le travail.

Quoi qu'il en soit, Joël Armando, vivant, sonné un peu, contusionné beaucoup, mais principalement vivant, poussa l'un de ces profonds soupirs désabusés, empreints d'une certaine mélancolie retenue, qui s'acheva à son corps défendant en une toux grasse ponctuée de glaires tenaces.
L'idée de s'arrêter de fumer l'effleura un instant.
Il se décida enfin à prendre congé de son funeste équipage pour regagner son bureau, où l'attendait la rédaction, qu'il soupçonnait fastidieuse, du rapport relatant les derniers événements auxquels il venait de prendre une part active.

Dans le lointain, on entendait mugir les sirènes des ambulances.

10.

La préfecture de police rédige un communiqué, diffusé dans toute la presse, suite aux événements tragiques survenus au commissariat central du 8ᵉ arrondissement :

> « RECH. PIEC. À CONVIC. POUR ENQUET. 79 R. D. CAILL. QUI. MOUSS. SE PRESENT. AU COMM. CENTR. AV. 20 H. PASS. 8 H 8 H 30. TEM. PAS SÉRIEUX S'ABST. FORT. RECOMP. »

11.

Deux hommes arpentaient le gazon idéal d'un parcours de golf dix-huit trous pour débutants.
C'était une fin de matinée toute dominicale, ensoleillée plutôt, mais on sentait bien qu'en soirée ça allait se rafraîchir. Enfin, c'était ce qu'ils avaient dit à la radio.

L'un des deux hommes avait pour lui les attributs du golfeur: une certaine aisance dans la tenue, une nonchalance calculée dans le geste.
L'autre se contentait de porter le matériel, composé de clubs rangés avec rigueur par ordre croissant de loft, dans un grand sac en cuir fauve à bandoulière, auquel on n'avait pas manqué d'adjoindre quelques balles de rechange, une serviette-éponge, un parapluie, un tabouret pliant, une bouteille d'eau minérale et une glacière.
Nous connaissons déjà cet homme.

« Armando, permettez-moi de vous le dire : je ne suis pas content de vous. Vous m'avez beaucoup déçu, Armando, beaucoup. »
Armando ne répondit pas au ministre. Il ne tenta même pas de se justifier.
Armando était dans ses petits souliers.

« Vous êtes dans vos petits souliers ? » poursuivit le ministre, sans même un regard pour le commissaire.
« Oui, Monsieur le Ministre », réussit à articuler Armando, les larmes aux yeux.
« Vous en souffrez, Armando ? »
« Beaucoup, Monsieur le Ministre. Vous savez, ce sont vraiment de tout petits souliers. Je les portais pour ma première communion. À l'époque, je m'en souviens comme si c'était hier, je chaussais du 36. »
« Et alors ? » s'enquit le ministre.
« Et alors, aujourd'hui, je veux dire d'habitude, il me faut un solide 45. »

Le ministre compatit. « Dois-je comprendre, mon cher, que vous vous êtes quelque peu habillé à la hâte pour venir me rejoindre ?
— Dès que j'ai reçu votre convocation, au saut du lit, j'ai accouru, Monsieur le Ministre », se rengorgea Armando Joël, commissaire divisionnaire.
— Et accourir chaussé de 36 quand la nature vous a généreusement doté d'un bon 45, je vous admire, Armando. Quelle abnégation, surtout un dimanche...
« ... C'était de l'humour, Armando, ne le prenez pas mal... Armando, est-ce que vous m'écoutez, à la fin ? Armando ? Armando, où êtes-vous passé ? Armando ?
— Je suis là, Monsieur le Ministre.
— Où ça ?
— Là, enfin ici, à vos pieds.
— Qu'est-ce que vous faites au fond de ce trou, Armando ?
— Je suis tombé dedans, Monsieur le Ministre.
— J'entends bien, Armando, mais vous auriez pu faire attention.
— C'est qu'il y en a beaucoup, des trous, par ici, Monsieur le Ministre.
— Il y a en a dix-huit, pour être très précis, soupira le ministre. Vous êtes sur un terrain de golf, Armando, au cas où vous l'auriez

oublié. Et sur un terrain de golf, il y a des trous. C'est même à cela que l'on reconnaît un terrain de golf, Armando, à ses trous.
— Excusez-moi, Monsieur le Ministre, je les imaginais plus petits.
— Vous êtes sur un parcours pour débutants, Armando, les trous ont la taille réglementaire définie par la Fédération internationale de golf. Soit deux mètres de diamètre pour trois mètres cinquante de profondeur.
— Et vous êtes débutant, n'est-ce pas, Monsieur le Ministre ? »

Comment avait-il deviné ? Décidément, pensa le ministre, cet Armando était fort, très fort.
« Je ne vous ai pas fait venir pour parler d'un sport auquel, je le crains, vous ne connaissez rien, mon pauvre Armando. Mais d'une affaire d'une tout autre importance.
— Je m'en doutais, Monsieur le Ministre.
— Vous êtes décidément très fort, Armando.
— Plaît-il, Monsieur le Ministre ?
— Rien, Armando, je pensais à haute voix. Et si maintenant vous vouliez bien sortir de ce trou, nous serions plus à l'aise pour causer.
— J'aimerais bien, Monsieur le Ministre, mais j'ai un petit problème.
— Quel genre de petit problème, Armando ?
— Je n'arrive pas à sortir de ce trou, Monsieur le Ministre. J'y suis comme qui dirait coincé.
— Attendez, mon vieux. Je vais vous donner un coup de main.
— C'est pas de refus, Monsieur le Ministre. »

12.

La boulangerie dont nous vous avions annoncé l'ouverture dans un chapitre précédent est fermée définitivement.
Elle a fait faillite et vient d'être remplacée, après travaux, par une pizzeria libanaise assez vulgaire, « La Ragazza di Venezia ».

13.

Avec l'aide du ministre, Armando tente de sortir de son trou. En vain.

14.

Le chien de la victime de l'Affaire du 79, rue des Cailloux-qui-Moussent, le regretté Jean-Jacques de Tréfond-Trévise, a été adopté par une famille nombreuse catholique et pratiquante. Il porte désormais le joli nom de Romulus et fait la joie de ses maîtres, M. et Mme Ledru-Roger, et de leurs quatre enfants.

15.

Le ministre ne parvient toujours pas à extirper Armando de son trou. Il s'agite pour rien et fait peine à voir.

16.

Le nain nerveux de feu Jean-Jacques de Tréfond-Trévise se remet difficilement de la faillite de sa boulangerie et sombre dans l'alcoolisme.

17.

Le ministre est en sueur, il s'énerve. Il a des mots très durs au sujet de la surcharge pondérale de Joël Armando. Au fond de son trou, Joël Armando s'est déchaussé.
Il commence à pleuvoir.

18.

Romulus n'aura pas fait la joie de ses maîtres bien longtemps.
Il perd ses poils et fait caca partout.

19.

L'ex-chauffeur de Jean-Jacques de Tréfond-Trévise (paix à son âme) qui, comme l'avait révélé l'enquête, n'était autre que sa sœur, fatigué de se travestir, s'est enfin décidé à changer de sexe. Mais ne sait pas bien lequel choisir.

20.

Un individu muni d'une patère murale et répondant au signalement du détective privé Marc Balmard aurait été vu aux abords d'un arrêt de bus du côté de Châteauroux.

21.

Lassé, le ministre abandonne Armando à son triste sort, après l'avoir traité de « gros tas ».
Au fond de son trou, Armando perd patience.

22.

Les conditions de vie des Ledru-Roger se détériorent. Leur appartement est la proie d'une invasion de mouches attirées par les déjections de Romulus.
L'odeur commence à indisposer le voisinage. Régulièrement, des plaintes sont déposées au commissariat du quartier. Il n'est pas rare que M. Ledru-Roger trouve dans son courrier des lettres anonymes souvent extrêmement injurieuses et pleines de fautes d'orthographe. Mme Ledru-Roger, pour sa part, doit subir les remarques acerbes du bedeau et du sacristain quand elle se rend à la messe, et monsieur le curé la néglige ostensiblement.
Leurs enfants sont agressés méthodiquement par leurs petits camarades à l'école, au square, dans la rue et même sur le parvis de l'église. Le quotidien des Ledru-Roger est un enfer. Ils songent sérieusement à changer d'adresse, à changer de nom, à porter une fausse barbe, à faire piquer le chien.

23.

Un individu muni d'une patère murale et répondant au signalement du détective privé Marc Balmard aurait été entrevu en gare de Limoges.

24.

Armando est bien seul au fond de son trou. À intervalles réguliers, il appelle à l'aide, sans succès. Cela fait bien longtemps que plus personne ne vient. Le golf est fermé définitivement.
Il a fait faillite.
Armando commence à souffrir du froid, de la faim et de la soif.

25.

Un individu muni d'une patère murale et répondant au signalement du détective Marc Balmard aurait été aperçu à l'embarcadère du port autonome de Marseille.

26.

Romulus a été piqué et son corps jeté sans ménagement à la décharge municipale. M. Ledru-Roger invite toute sa petite famille à fêter la fin de leur calvaire dans une pizzeria libanaise qui vient de s'ouvrir, « La Ragazza di Venezia ».

27.

Seul, abandonné, pathétique au fond de son trou, Joël Armando se meurt.

28.

La jeune veuve du défunt Jean-Jacques de Tréfond-Trévise entame, sous le nom de Dolores y Dolores y Cordobales, une brillante carrière de danseuse de tango dans les cabarets huppés de Buenos Aires (Brésil).

29.

Un individu muni d'une patère murale et répondant au signalement du détective privé Marc Balmard a été entr'aperçu dérivant sur une embarcation de fortune au large de Tanger.

30.

Joël Armando est mort.

31.

L'incendie se déclara dans les cuisines pour se propager avec une rapidité foudroyante dans tout le restaurant, transformant en un instant la pizzeria « La Ragazza di Venezia » en un immense brasier.
Ainsi périt calcinée la famille Ledru-Roger, unique cliente de cet établissement au moment des faits.

Ce drame fut un rude coup pour le nain nerveux de Jean-Jacques de Tréfond-Trévise, déjà passablement ébranlé par la faillite de sa boulangerie. Le sinistre qui venait de s'abattre sur sa pizzeria libanaise, dans laquelle il avait mis beaucoup d'espoir et la totalité de ce qui lui restait de ses économies, l'achevait.
Il s'enfonça un peu plus dans l'alcoolisme.
Il connut la débine, la vraie, celle dont on ne revient pas. De toute façon, avait-il seulement envie de revenir ? Et puis, revenir pour où ?

32.

« Je m'appelle Julien Pairot et, aussi loin que je me souvienne, j'ai toujours été nain ; alcoolique, c'est récent. »
Voilà ce que disait le nain nerveux de bar en bar, d'estaminet en caboulot, de brasserie en caniveau. La journée, il mendiait ce qu'il allait boire le soir et, le reste du temps, il vomissait ce qu'il avait bu.

À force de traîner dans la picole, on finit par croiser du monde, on fait des rencontres. Pas des amis, non, juste des rencontres. Entre épaves, on se comprend sans se parler, on ne se parle pas, on s'écoute parler pour soi tout seul. On se raconte toujours les mêmes histoires, des qu'on connaît par cœur parce que, justement, on les a trop racontées, ces histoires-là. On n'écoute pas l'autre, tout ce qu'on lui demande, c'est d'avoir une trogne pour se donner un air de conversation, pour faire semblant.
C'est comme ça, au détour d'un médiocre bar-tabac de la périphérie, que Julien Pairot retrouva Simon de Tréfond-Trévise, le neveu un peu limité de l'occis du 79, rue des Cailloux-qui-Moussent.

33.

Le patron du bar-tabac, consciencieux, alignait avec une rigueur toute professionnelle les verres de blanc-cassis devant ces deux consommateurs peu reluisants. Ses gestes étaient lents, précis, sans espoir. C'étaient les gestes d'un homme qui n'attend plus rien, qui a loupé le meilleur, qui ne l'a peut-être même pas vu venir. Le meilleur, on ne le lui a pas présenté, ou alors il y a longtemps. Il ne s'en souvient même plus. La rencontre, si elle a eu lieu, a vraiment été trop brève. Bonjour, bonsoir. Ça fait pas beaucoup de souvenirs, ça fait pas non plus beaucoup de regrets.

Dans un coin, contre un radiateur en fonte, un chien élimé achevait sa vie de chien, affalé en désordre sur une paillasse. Il jappait douloureusement dans son sommeil, s'agitait, rêvait d'autrefois, du temps d'avant, de l'époque où il avait encore des crocs. Du temps où il était chien.
Du temps où il était un molosse féroce, sérieuse terreur, hargneux et méchant con, la fierté de son maître. Une fierté à quatre pattes, avec un bout de queue à l'arrière et plein de dents pour mordre à l'avant.
C'était hier.
Aujourd'hui, le bestial peinait à faire peur, faisait peur mais pour d'autres raisons. Il décorait un peu, il encombrait surtout.

Au-dessus du chien, accroché à un clou, il y avait le nerf de bœuf du patron. Idéal pour calmer l'éthylique tapageur, le débiteur rétif, le remuant et l'insolent de passage. Enfin, si l'occasion se présente, à l'heure de la fermeture, pour rosser le chien.

Au plafond, deux mouches s'enculaient bruyamment.

Les habitués du lieu étaient attablés avec la simplicité touchante des petites gens quand il leur reste juste assez de monnaie pour réduire leur espérance de vie en sirotant gravement des apéritifs à l'appellation exotique, contrôlée et souvent fallacieuse.

Certains, quand même, jouaient les importants en échangeant des considérations oiseuses d'ordre politico-économico-social d'un inintérêt majeur avec des turfistes exténués de bêtise satisfaite. Tous avaient cet air un rien absent de ceux qui n'ont plus les moyens d'être autre chose qu'un incurable employé de banque, un saute-ruisseau sans grâce, un quincaillier en rupture de stock, un célibataire méticuleux, un fonctionnaire sur le déclin, un abonné au gaz irascible, un crétin au chômage, un retraité cruciverbiste ; mal mariés à des femmes moches, ils ne doutent de rien en draguant péniblement et sans trop de succès, dans les débits de boisson, des encore plus grosses et encore plus moches mais avec le charme inusable de la vulgarité revendiquée.
Des tout tristes, coincés dans une vie pas drôle usée du coude, une vie qui sent le renfermé, les coups durs qui ne passent pas, le médiocre qui s'installe et prend ses aises, le réchauffé qui attache au fond.

Mais cette vie, c'était la leur, la seule qu'ils connaissaient. Ils s'y étaient acclimatés, aux petits malheurs et aux lendemains taillés dans du chagrin. Ils y tenaient. Ça ne s'explique pas, ça se comprend.

Alors, ne venez pas les narguer, leur faire des remarques inutilement désobligeantes. Parce que là, gaffe !

Ils pourraient virer hostile, vous la jouer sanguinaire, se faire d'un coup, pour vos beaux yeux assassins, contrariants, j'irai jusqu'à dire malintentionnés. Ça s'est déjà vu, ça se reverra.

Mais pour le moment, rien à craindre, le nerf de bœuf du patron dissuadait. Pour le moment, ils s'emmerdaient ferme entre eux autour d'une bière molle.

Au fond, à droite, il y avait la porte des toilettes, à la turque. Sur les murs de faïence blanche, ou presque, on apprenait avec stupeur que Lulu en a une très grosse et que pour notre gouverne Maryse, qui est une salope, elle suce. Quoi ? Ce n'est pas dit.

Les toilettes étant bouchées depuis des temps immémoriaux, le patron ne jugeait plus opportun de réapprovisionner en papier hygiénique. Ce devait être pour cela que les coutumiers de ce modeste établissement évitaient scrupuleusement de se serrer la main.

Le téléphone était réservé aux consommateurs et se prenait au comptoir.

Et, au comptoir, donc, il y avait Julien, pâteux, qui rabâchait ses misères terribles à un Simon qui ne l'entendait pas, tant il était occupé à ressasser ses avanies épouvantables à un Julien qui ne l'écoutait déjà plus.

DIALOGUE DE SOURDS ENTRE JULIEN PAIROT ET SIMON DE TRÉFOND-TRÉVISE

Indications: Intérieur piteux d'un bar-tabac d'une banlieue populaire et désindustrialisée. Fin de journée maussade.
Intervenants: Julien, nain nerveux éthylique. Simon, neveu décavé imbibé.

JULIEN
Parfaitement, une boulangerie,
une belle pleine de marbre, ou tout comme.

SIMON
Le sport, la classe... c'est là qu'est la vraie vie.

JULIEN
Parfaitement, une boulangerie j'avais. Une bonne idée,
c'était, ça. On a toujours besoin de pain. Toujours.
Tout le monde mange du pain, même les pauvres.

SIMON
La classe, la grande je veux dire,
celle qu'on voit dans les magazines.

JULIEN
Seulement, voilà, il y a des malhonnêtes. Je suis honnête,
moi, pas comme certains, pas comme d'autres.

SIMON
Quoi de plus classe que le golf, rien ! Le golf, c'est anglais,
c'est tout dire. La classe, c'est anglais.

JULIEN
Du plâtre, ils m'ont vendu du plâtre à la place de la farine.
Du plâtre ou du ciment, je ne me souviens plus bien.

SIMON
Alors, j'ai ouvert un golf, un beau, la classe.
Un pour débutants. Un golf classe pour débutants.

JULIEN
Forcément, il y a eu des mécontents. Des mesquins
qui allaient partout disant qu'ils s'étaient cassé les dents
sur le bon pain que je leur avais vendu.

SIMON
Le golf.

JULIEN
Et de montrer aux passants le dedans de leur bouche,
et d'exhiber un certificat médical. Ça m'a fait du tort.

SIMON
Le golf.

JULIEN
La vente s'en est ressentie.

SIMON
Sur un parcours dix-huit trous, quand les trous ont tous
le format réglementaire, soit pour mémoire, deux mètres
de diamètre pour trois mètres cinquante de profondeur,

il y a de la perte dans le golfeur. Normal.
Surtout quand on a affaire à des débutants.

JULIEN

J'ai dû fermer boutique. Tu comprends, l'édenté c'est vite revendicatif. Je ne sais pas pourquoi, mais par rapport au sourd-muet, par exemple, l'édenté c'est vindicatif.
C'est teigne.

SIMON

Non. Ce qui nous a foutus dedans, c'est le ministre.
On a perdu un ministre. Paumé radical. Impossible de remettre la main dessus. Disparu, volatilisé, le ministre. Fâcheux, la perte d'un ministre. Les autorités compétentes ont pas aimé, pas du tout. Colère en haut lieu. Semblaient y tenir beaucoup à leur ministre, les autorités compétentes.

JULIEN

Alors j'ai ouvert à la place une pizzeria. Une pizzeria à la place de ma boulangerie. Libanaise, la pizzeria. Parce que je serais peut-être quelque part du côté de mon père un peu libanais et que le Liban, au niveau de l'idée qu'il véhicule en termes d'ailleurs lointains, j'aime bien.
Ça fait soleil.

SIMON

La licence, j'ai perdu ma licence. Elles me l'ont retirée, les autorités compétentes, pour me punir d'avoir égaré leur ministre.

JULIEN

Comment je pouvais imaginer, même un instant, qu'on me livrerait de l'essence au lieu de la bonne huile d'olive première pression à froid qualité supérieure ? Comment ?

Y'a de ces tordus dans la malhonnêteté !

SIMON

Et puis j'ai perdu aussi dans l'affaire mon associé. Tu le connais, c'était le majordome de mon ordure d'oncle (enfin, quand je dis mon oncle...), Denis Figeac. Il s'est tiré avec la caisse. Lui non plus, on ne l'a jamais retrouvé.

34.

Un poing brutal, qui s'abattit avec fracas sur le comptoir, mit fin à ce concert de lamentations. Ce poing, c'était celui du patron. Un patron congestionné, fulminant, révulsé, pas content du tout. C'était quoi, ça, là, ces deux purgatifs à pleurnicher sur des petits soucis médiocres de boutiquiers sommaires ?

Ils en voulaient, du pathétique à tous les étages, sans ascenseur, direct par l'escalier de service ? S'ils étaient des fervents du tragique authentifié, si ces messieurs étaient amateurs, ces messieurs allaient être servis.

Et par le patron encore.

Lui, le patron acrimonieux de ce bar-tabac pitoyable, tapissé de clients éteints, échoués dans cette banlieue désolante à l'urbanisme prétentiard, avatars déliquescents d'une modernité douteuse.

Lui, le patron difforme, informe, obèse, laid, le poil dru là où il faudrait pas mais doté d'une chevelure en peau de fesses, de celle que l'on recoiffe d'un coup de gant de toilette les jours de pluie, les bajoues luisantes de graisse, un regard de porc avant la saignée.

Mijotant dans son lard, pansu, ventru, replet, bouffi, enflé, œdémateux, distendu de partout jusque dans les endroits les plus incongrus de sa personne.

Un tas qui pue, qui sue, aux confins de l'espèce humaine, un amas qui exhale, qui refoule et qui émet des gaz intempestifs, un goitre, un chancre, une bouse… La belle vie que voilà. Et par-dessus le marché, condamné sans appel, sans jugement ni juges, ni jurés, sans avocat avec plaidoirie et effets de manche, à supporter du matin au soir, des matines aux vêpres, les jacasseries éplorées d'éponges à Pernod, de picoleurs blêmes caquetant sans fin, bramant des certitudes flasques, des outres. Des moroses qui vous gâchent le présent, qui vous gâtent le silence. Des prototypes de nigauds.
Des crétins d'élevage.
De sales cons.
Parce que, attention !
Attention, je dis bien : attention.
On écoute.
On ferme sa gueule et on écoute bien fort.

Lui, le patron, il a pas toujours été comme il est là maintenant, le patron. Il a été autre chose. Et pas rien, encore, et dans le beau monde, en plus. D'abord, il a porté l'un des noms les plus respectés, les plus prestigieux de la noblesse chrétienne. Il s'appelait : Hélène de Tréfond-Trévise.
« Maman ! » s'écria Simon de Tréfond-Trévise.
« Ta gueule ! » tonna le patron.

Un petit résumé s'impose, il sera édifiant.

VIE D'HÉLÈNE DE TRÉFOND-TRÉVISE

À douze ans, Hélène de Tréfond-Trévise était une ravissante jeune fille, une beauté céleste, blonde, fine et délicate. Une adorable petite splendeur aristocratique enjouée, fraîche et gracieuse, qui sentait bon l'argent. On flairait de loin le blason coté en Bourse, la particule à gros budget, la famille aisée, l'éducation coûteuse, la dot juteuse, l'héritière, le beau parti.
Il y avait là un utérus à faire fructifier, des ovaires à rentabiliser.

De la vie, Hélène de Tréfond-Trévise ne connaissait que le luxe tranquille, naturel et sans histoire de ceux pour qui l'argent n'est plus depuis longtemps un problème, ni une solution, pas même un sujet de conversation, juste un fait acquis, une évidence à laquelle l'on ne prête guère plus d'attention qu'à l'air que l'on respire. On est riche et puis c'est tout. D'ailleurs, on n'est pas riche : on est.
Le reste, les autres, ceux qui apprennent très tôt à compter leurs sous, ça n'existe pas. On connaît pas ou alors ça s'appelle des domestiques. Et puis, les domestiques, ça ne s'appelle pas, ça se sonne.

Hélène de Tréfond-Trévise se préparait à l'existence idéale qui n'aurait dû être, qui ne devait être qu'une suite de bals délicieusement mondains ponctués ça et là de fiançailles de qualité, d'épousailles somptueuses avec un imbécile et de quelques accouchements utiles avec juste ce qu'il faut de fausses couches,

histoire d'entretenir les conversations d'après-dîner entre intimes.
Et quand elle serait fatiguée des bals, ou plus simplement trop vieille pour aller danser, elle s'inventerait des pauvres et ferait dame patronnesse comme sa mère, pour finir ses jours tout doucement entre ses petits-enfants chahuteurs et à peine plus demeurés que leurs parents, et un régiment de chanoines réactionnaires très légèrement pédophiles, avant de s'éteindre enfin, confite en dévotion, avec la satisfaction de n'avoir rien été peut-être, de n'avoir rien fait sûrement, mais d'avoir été enviée et ça, ça n'a pas de prix.

Seulement, voilà.
Voilà.
Parfois, le destin joue les mauvais sujets, les fâcheux de service. Amédée de Tréfond-Trévise, titré au-delà de l'indispensable, décoré comme un verrat de concours agricole, membre de divers instituts à titre gracieux, banquier à ses heures et raisonnablement impliqué dans quelques affaires de trafic d'influence, avait eu de son épouse légitime, Eugénie de Tréfond-Trévise née Chaulieu de Portenduère, deux enfants. Un fils, tout d'abord, au tout début, que l'on prénomma Jean-Jacques pour d'obscures raisons qui ne nous regardent pas, et puis enfin, sur le tard, une fille, Hélène, la petite dernière avant la fermeture. Entre l'aîné et la cadette, presque vingt ans d'écart.

Et autant Hélène n'était qu'innocence et droiture, autant son frère Jean-Jacques était sournois, vicieux, pervers à l'excès, dramatiquement malsain, cultivant l'absence de scrupules comme d'autres les orchidées sauvages ou le mauvais goût : un vrai nuisible.

Amédée et Eugénie de Tréfond-Trévise, loin de s'offusquer des mauvais penchants de leur fils, n'y trouvaient rien à redire, bien au contraire. À juste titre, ces braves et nobles parents pensaient qu'avec de pareilles inclinations, le jeune Jean-Jacques avait toutes les qualités requises pour faire carrière dans l'industrie, ou le commerce, la finance peut-être? « Ce sera selon les opportunités qui se présenteront à ce petit chenapan », disait le père en lissant sa moustache, et cette puissante sentence assenée avec toute l'autorité nécessaire, il s'en allait, confiant et supérieur, tripoter le fils d'un de ses métayers. « Vous devez avoir raison, comme toujours, mon ami », lui répondait invariablement son Eugénie d'épouse. « Il tient de vous. » Et, rassurée quant à l'avenir de son rejeton mâle, cette excellente femme s'en allait tricoter, entre deux tasses de thé, des babioles hideuses pour quelques indigents pittoresques dont elle s'était entichée la veille au soir.

Cette insouciance coupable allait avoir des conséquences dramatiques.

À la veille de sa première communion, Hélène de Tréfond-Trévise se fait choper par son frère dépravé, Jean-Jacques, qui l'entraîne sans ménagement dans un fourré et, à même le sol moussu du parc de la propriété familiale, ou contre un arbre rugueux quand il voudra varier les plaisirs, la viole.

Mais l'avait-il vraiment violée, cette pimbêche? Ce n'est pas tout d'accuser les gens comme ça, encore faut-il avoir des preuves qui étayent, qui confondent le coupable, qui éclairent la justice. Il faut de l'irréfutable, du concret, du tangible, parce qu'en l'absence de tout témoin oculaire, c'est parole contre parole.

Qu'avait-elle à avancer? Les vêtements souillés, déchirés, en pièces, en lambeaux, qu'est-ce que cela prouve? Que vous n'avez point été soigneuse de vos effets personnels, mon enfant. Quoi encore? Des plaies, des bosses, des ecchymoses, des hématomes sur tout le corps, le visage tuméfié, une entorse au poignet, une

foulure à la cheville,
Une épaule démise,
Une, deux, trois côtes fracturées,
Et la tête,
Et la tête,
Alouette.

Soyons sérieux. Vous êtes tombée en jouant à quoi, cache-cache-tampon, saute-mouton, la marelle, est-ce que je sais ? Voilà, c'est tout simple, on joue, on s'énerve, on s'excite, on présume de ses forces, on tombe. On roule par terre, on se fait mal, c'est normal, logique. C'est de votre âge plus que du mien.
Quant à votre air hébété, vos sanglots déchirants qui nous accablent, ils sont évidemment à mettre sur le compte d'une puberté difficile. Ça vous passera avant que ça ne me reprenne.
Et puis, vos airs de Sainte-Nitouche ne trompent personne.
Et puis on sait ce qu'on sait.
Car on vous connaît.
Vous et vos manigances.
Vos agaceries à tout bout de champ.
Et puis on sème pour récolter.
Et on récolte ce que l'on mérite.
Pensez à votre mère qui vous aime.
Songez à votre père qui vous juge.
Et puis ta gueule, petite traînée.

Le père Amédée de Tréfond-Trévise, assez satisfait de lui-même, décida sobrement que l'incident était clos. « Vous devez avoir raison, mon ami, comme toujours », reconnut son épouse Eugénie.

Ayant perdu sa virginité, Hélène voyait sa valeur marchande revue à la baisse, la très forte baisse, celle qui précède tout juste la braderie. À moins d'un mariage de seconde zone, avec un mari pas trop regardant, à la complaisance rétribuée grassement,

aucun prétendant valable n'accepterait de convoler avec une deuxième main, quand bien même s'appellerait-elle Tréfond-Trévise. À moins d'une mésalliance, ça allait être coton de la caser.
Problématique.

La religion est, dans le malheur, toujours d'un grand secours. Tous les éprouvés vous le confirmeront. Il fut décidé qu'Hélène entrerait dans les ordres.
Retirée du monde, loin du tumulte des cités des hommes, dans un silence propice à la méditation, qui élève l'âme vers Notre-Seigneur, elle s'abîmerait en contemplation et ferait semblant de prier pour le repos de quelque imbécile heureux. Tant il est vrai que la prière soulage bien des maux, exception faite de la faim, de la soif, du froid, de la maladie et de la douleur.
Adieu, Hélène de Tréfond-Trévise. Salut à toi, Sœur Marie-Joseph-des-Sept-Douleurs-de-l'Enfant-Jésus.
Amen.

Seulement, il fallut se rendre assez vite à l'évidence, une évidence qui lui distendait les flancs, à la môme Hélène.
La perruche était grosse des œuvres de son frère.

Est-ce bête.
Comme on est bon catholique ou qu'on ne l'est pas, un avortement était hors de question.
Alors, on déclara Hélène folle, folle à lier. Démente, mûre pour le cabanon, juste à point pour la camisole. Te démène pas comme ça, ma cocotte, on doit avoir ta taille en magasin.
Un médecin compréhensif, ami intime de longue date des Tréfond-Trévise, se chargea de régler les petits détails administratifs et sanitaires d'un internement psychiatrique d'urgence, d'office.

Un beau matin d'octobre, oui, ce devait être en octobre ou quelque chose d'approchant, une ambulance lestée de quatre solides gaillards emblousés de blanc vint embarquer le paquet, direction toutes sirènes hurlantes l'une de ces excellentes cliniques loin de tout et du reste, au milieu de rien, où tu peux toujours gueuler ma beauté, tout ce que tu y gagneras c'est une ration supplémentaire de taloches thérapeutiques.

Et si t'avais le bon goût de nous faire une fausse couche, pour le coup, on ressort les maillots de bain, histoire d'être bien à l'aise pour nager dans le bonheur.

« Vous devez avoir raison, mon ami, comme toujours », sanglota sans grande conviction Eugénie, en agitant un mouchoir pour dire quand même adieu à sa fille qu'assommaient avec ardeur les infirmiers, rapport à ce que la bougresse, malgré son état de pondeuse, se débattait beaucoup et criait pas mal.

La clinique ne cherchait pas à faire la coquette, elle se contentait d'être efficace dans le carcéral désespérant, au milieu d'un grand parc regrettable ceint de hauts murs qu'un décorateur avisé avait agrémentés de tessons de bouteille acérés. Avec pour compagnons de misère de vrais dingues gravissimes, les neurones en vadrouille dans de la purée de cervelet. Des aimables qui se bavent dessus abondamment en glapissant la nuit à tue-tête des choses en forme de rabot pour les oreilles.

L'institut Saint-Sauveur ça s'appelait, cette usine à chagrin. Le docteur Félix Gérard y régnait sans partage avec toute l'autorité de celui qui ne sait rien faire d'autre mais qui le fait parce que ce qui est fait n'est plus à faire et que c'est toujours ça de fait.

Médecin-aliéniste par tradition familiale, catholique par habitude, marié par inadvertance et sans enfants, le docteur Félix

Gérard était un assez joli spécimen de la douloureuse race des incompétents notoires.

Il est dit que tout le monde a un ange gardien qui veille sur nous et nous protège. Celui d'Hélène de Tréfond-Trévise à mon avis était du genre à partir en vacances en oubliant de faire suivre son courrier, un distrait.

À l'Institut Saint-Sauveur, Hélène aurait pu honnêtement songer avoir touché le fond, mettre son mouchoir par-dessus et attendre avec patience que ça se tasse.
La réalité fut tout autre.
Quand on est au fond du fond du trou, vous savez ce que c'est, et si vous ne le savez pas vous allez l'apprendre, il y a toujours un charitable de service pour vous offrir une excellente pelle et une solide pioche, histoire que vous ne vous arrêtiez pas en si bon chemin.
Pour Hélène, on alla chercher une excavatrice.

On s'habitue à tout, ou on essaye. Hélène aurait pu. Les dortoirs pétris de crasse, la bêtise spongieuse de Félix Gérard, même, tenez, même la promiscuité navrante des agités du cervelet avec leur raison en guidon de vélo et leur dedans de la tête en jachère : Hélène aurait pu, elle aurait voulu elle aurait pu.

Mais quelle perte de temps si l'on reconnaissait au personnel soignant et assimilé, même de loin, de l'Institut Saint-Sauveur, une sorte d'excellence quasi indépassable en matière de brutalité systématique ! Rien que de robustes gaillards solidement attachés aux joies simples de la raclée, ne disposant pour s'exprimer que d'un vocabulaire réduit au gourdin.
À peine cruels, non : benoîtement violents.
De la violence au naturel, sans arrière-pensée ni extravagance inutile. Des costauds qui vous repassaient la gueule à grands

coups de beignes de forains. Des balèzes sans malice qui dispensaient du pilon campagnard élevé en plein air, vous rinçaient la mâchoire avec leurs pognes à moudre le dentaire.
Et pour finir de vous achever, la bouffe pas bonne du tout à Saint-Sauveur.
Avec tout ça et le reste, je ne vous dis pas, si elle ne nous faisait pas une fausse couche, la fille Hélène, c'est que vraiment...

Ce fut long et douloureux, avec anesthésie locale au niveau de la mâchoire inférieure, deux beignes pour t'apprendre à gueuler en silence, mais le résultat était là. Bien là. Vivant et beuglant.
Un garçon.
Qu'on s'empressa de baptiser Simon, profitant de l'absence de la toute jeune maman qui était partie se refaire une beauté sous une douche froide.

Quand la chose se sut chez les Tréfond-Trévise, aux environs du lendemain matin, il fut décidé qu'avec toute la célérité requise le nouveau-né serait immédiatement enlevé à sa mère et placé promptement chez une nourrice quelconque pour y être sevré avant de l'envoyer voir un peu chez les frères maristes du Saint-Sépulcre si Dieu y était.

Ce qui fut dit fut fait, ainsi qu'en avaient convenu M. de Tréfond-Trévise et sa moustache, peu concernés, semble-t-il, par l'état de grand-père. Sa femme l'exonéra pour une fois de son habituel accord tacite, s'étant finalement décidée la veille à s'éteindre avec grâce d'un cancer.

Hélène tenta un moment de s'opposer à ce projet, juste avant qu'on ne l'assommât.

Là-dessus, le temps passa, c'est ce qu'il avait de mieux à faire. Aussi le fit-il bien. Inexorablement, avec une régularité têtue, les saisons se succédèrent dans l'ordre invariable et convenu qui ravit tant l'amoureux et le jardinier soucieux de ses plates-bandes.
Il y eut des hivers rigoureux, parfois, quelques printemps pluvieux et même pourris, aussi, des étés caniculaires et des automnes convenables.
Il y eut de belles arrière-saisons, de la grêle hors de propos, des crachins tenaces, des chaleurs redoutables, du givre aux fenêtres, du bois à rentrer, des vacances à la mer, de la neige à Noël, des brumes matinales, des dimanches à la campagne, des pluies battantes, du verglas en plaine, du brouillard sur les hauteurs et de fortes précipitations tout à fait exceptionnelles.

Moyennant quoi, tout le monde prit dix ans.
Amédée de Tréfond-Trévise, avec l'à-propos dont il était coutumier, en profita pour dévisser à l'occasion d'un mauvais rhume. Sa carcasse alla rejoindre dans le caveau familial les restes de sa défunte épouse qui lui fit une petite place sans trop se forcer.
Jean-Jacques hérita de tout, du nom, des titres, fiduciaire et de l'immobilier, de l'essentiel et du superflu. Un patrimoine conséquent qu'il entreprit après impôts de partager avec lui-même. Il s'en alla jouer au jeune homme.
Dans un coin où il se morfondait religieusement, collé entre deux soutanes chez les frères maristes du Saint-Sépulcre, le petit Simon, sans être bien grand, n'était plus si petit.

Quant à Hélène, comment, vous n'êtes pas au courant, on ne vous a rien dit? Mais c'est qu'elle vient de s'évader.

Parfaitement. Hélène de Tréfond-Trévise s'est évadée.
Parfaitement!
Mais comment?

Plusieurs hypothèses s'affrontent. Laissons tout de suite de côté les farfelues, nous gagnerons un temps précieux, pour ne signaler que les plus sérieuses, qui sont les suivantes.
Pour les uns, Hélène aurait profité d'un incendie qui ravagea l'Institut Saint-Sauveur, et de la panique qui régnait, pour fausser compagnie aux Félix Gérard et à leurs sbires, déguisée en pompier.
D'autres prétendent qu'avec beaucoup de constance et une petite cuiller, elle parvint à creuser une galerie souterraine qui, passant sous le parc, émergeait quelque part dans les bois alentours.
D'autres encore soutiennent que l'évasion se fit par voie aérienne, à bord d'une sorte de montgolfière de fortune gonflée au gaz naturel, confectionnée dans le plus grand secret par l'ingénieuse jeune femme à ses moments perdus, avec un peu tout ce qui lui tombait sous la main.
Le docteur Félix Gérard devait bien avoir une petite idée sur le sujet. Son témoignage eût été dans la circonstance des plus intéressants. Consulter ses archives nous aurait sûrement permis de faire toute la lumière sur cette affaire.
Hélas le Félix Gérard et sa régulière sont à compter au nombre des victimes qui périrent lors du terrible incendie qui dévasta l'Institut Saint-Sauveur, la nuit du jour de l'évasion d'Hélène de Tréfond-Trévise.

Une violente explosion, due très certainement à une fuite de gaz, semble être à l'origine du sinistre. Arrivent les pompiers, tout un détachement, avec ce qu'il faut de lances à incendie et de grandes échelles. Mais à peine sont-ils à la manœuvre que le sol se dérobe sous eux et les engloutit. Maintenant, c'est tout le parc qui vacille et s'effondre à son tour, miné, comme le révèlera ultérieurement l'enquête, par un réseau inextricable de galeries souterraines mal étayées, creusées à la va-comme-je-te-pousse et dont on se demande encore ce qu'elles foutaient là vu qu'elles

n'avaient rien à y faire. Alors, c'est la débandade bruyante, la panique intégrale. Dans son coin, le feu en profite. Il enfle, se propage et s'étend aux étages, aux combles, aux dépendances, à tout ce qui est combustible.
Au petit matin, au tout petit matin, enfin les renforts. Les voilà, à pied, à cheval et en camion-citerne.

Pelles, pioches, haches sont empoignées, les lances d'incendie mises en batterie. Pas qu'elles servent beaucoup, il n'y a plus grand-chose à éteindre, tout ayant brûlé durant la nuit, mais gardons à l'esprit qu'un pompier sans lance à incendie en action éprouve, à juste titre, la désagréable sensation d'être un tout petit peu moins pompier.

Trop occupés par leur tâche, ils ne remarqueront même pas au milieu de ce champ de ruines, posé là comme par inadvertance, les reliques calcinées et incongrues d'un aérostat.

Pendant ce temps, quelque part dans les bois alentours, une femme court.
Elle ne court pas, elle s'enfuit.
Elle est libre.
Elle est Hélène de Tréfond-Trévise et elle est libre.

Elle a beaucoup changé en dix ans.
Tout le monde change en dix ans. Dix, c'est pas rien.
Mais elle, elle a vraiment beaucoup changé, de trop, même.

Maintenant elle ralentit, elle s'arrête, elle veut reprendre son souffle, pour ça elle s'assied par terre. Elle ne devrait pas, c'est humide en cette saison, elle va attraper du mal. Surtout presque pas habillée comme elle est.
Elle dit qu'elle nous emmerde.
Elle n'est pas très polie.

Nous nous inquiétons légitimement de sa santé.
Elle répète qu'elle nous emmerde.

Soudain, une bande de méchants Romanichels jaillit d'un fourré et se rue sur elle. Ils l'assomment prestement avec quelque chose qui fait mal, la jettent dans un grand sac et s'en vont à la foire la vendre à un cirque ambulant qui passait par là.

Le cirque est moche et il lui manque un cheval. Hélène devient cheval de cirque. Cheval-clown en soirée pour faire rire les enfants et distraire les plus grands ; cheval de trait le reste du temps, attelée à la caravane du directeur dont j'ai oublié le nom. Hélène voyage et voit du pays le mors aux dents.

Elle découvre une multitude de trous perdus et de hameaux pourris dont elle se contrefout royalement. Parce que quand même, c'est pénible, la vie de cheval. Tirer tout le jour une caravane bigarrée, vulgaire, surtout sur des routes à peine carrossables, souvent boueuses même, quand il pleut, avec des fers trop petits aux pieds, en plus.

Dans l'ensemble, c'est dur. Et puis les gens de cirque sont sales. Ne généralisons pas : il y a des exceptions, quand même. Enfin, ceux qui sont sales le sont vraiment beaucoup.

Et puis, le picotin est de bien piètre qualité. Le patron est ladre, ladre et grossier. En plus, on ne se rappelle plus son nom.

Alors Hélène, au détour d'un jour de relâche, se trisse rapide, gicle au loin, trace des deux avec la caisse de la semaine et pas beaucoup de remords.

Elle s'engage dans la marine de guerre, devient matelot, dissimule sa féminité avec aplomb et change de nom pour être raccord. Désormais, elle est Raoul Movain, engagé volontaire. Elle triche aussi un peu sur son âge.

En attendant un hypothétique conflit armé, le matelot Raoul, matricule 142-B-750, astique consciencieusement le bastingage ainsi qu'un nombre à peine croyable de bimbeloteries du même tonneau, propriétés exclusives de la corvette de chasse en haute mer La Jonquille, mouillant dans la rade pittoresque d'une de ces villes encombrantes qui s'obstinent à se vouloir méditerranéennes alors qu'elles ne seront jamais que portuaires. On ne lutte pas contre son destin.

En parlant de destin, aux confins de l'Empire, comme par un fait exprès, des troubles interethniques éclatent. Une province à forte connotation cochinchinoise dans l'intitulé, à la raison sociale quasi imprononçable et à l'orthographe pas bien arrêtée, s'échauffe, s'énerve, se révolutionne bruyamment.
La métropole s'en émeut.
D'urgence, on dépêche pour calmer l'indigène une escadre de notre glorieuse Marine nationale. La Jonquille en est. Raoul suit le mouvement.
Pas longtemps. Lors d'une escale impromptue à Ponto Kombo, en Afrique-Occidentale française (AOF), Raoul déserte nuitamment et se fait engager comme danseuse nue dans un cabaret équivoque de la basse ville, sous le nom d'Isora Bareita.

Le Richy's Bar, ça s'appelle, ce petit coin de paradis pour noctambules endurcis. Ici, ça sent très fort la pisse de marin désœuvré et l'alcool de contrebande bon marché. On traficote louche dans l'arrière-salle et la clientèle vomit gros jets un peu partout entre deux numéros.

Mademoiselle Isadora Bareita avait des dispositions pour faire carrière dans le music-hall polisson outre-mer ; mais une

anodine descente de police en décida tout autrement. Devant l'abondance de ces importuns qui étrennaient leurs tout nouveaux sifflets en investissant brutalement l'établissement, juste au moment crucial où elle enlevait avec cet air de défi et un rien de connivence (toute commerciale, mais que voulez-vous il faut bien vivre) sa petite culotte pour le final de sa fameuse « danse des sept voiles et deux gros nichons », Isadora Bareita se souvint qu'elle avait quelque chose d'urgent et de meilleur à faire, loin de cet ici qui reniflait un peu trop l'uniforme pour son odorat délicat en la matière.
Sans même prendre le temps de remballer la marchandise, elle prit la tangente, direction la sortie de secours, pas celle pour les pompiers, non, celle pour les cas graves, les vraies urgences.

Ainsi disparaît Isora Bareita, dans l'entrelacs inextricable des ruelles exotiques et des rues adjacentes du bas Ponto Kombo, pour réapparaître un peu plus tard, un peu plus loin, en costard croisé pied-de-poule, la cravate chatoyante qui s'exhibe sur une chemise cuisse-de-nymphe empesée de frais, le panama canaille, aux pieds une paire de crocos bicolores, des bagues plein les doigts, le fume-cigarette arrogant, de grosses bretelles malvenues et au-dessus d'un sourire suffisant une petite moustache mondaine taillée au pied à coulisse.
Et ça se fait appeler Monsieur Paul.
Monsieur Paul fait dans l'import-export, en gros, je ne voudrais pas vous fatiguer avec des détails techniques. Monsieur Paul importe plein de choses délicates qui vous familiarisent très rapidement avec les arcanes complexes des cours d'assises, et exporte ses petits tracas au fond d'un puits avec des chaussons en béton précontraint. Monsieur Paul fait dans la pègre.

Pour le moment, Monsieur Paul sirote avec affectation son Casanis à la terrasse d'une brasserie huppée réservée à l'élite de l'administration coloniale sous le soleil de midi moins le quart,

quand une automobile sombre et de forte cylindrée fonce sur lui personnellement.
Une rafale d'arme automatique se fait entendre. Des femmes crient, des hommes aussi, mais un octave en-dessous, question de tessiture. Des tables sont renversées, des verres sont brisés, des miroirs volent en éclats, certains en profitent pour ne pas payer leur consommation, d'autres partent sans laisser de pourboire. Monsieur Paul s'effondre, touché en pleine poitrine.
La voiture automobile de forte cylindrée et ses occupants, leur sinistre forfait accompli, tentent de fuir. Mais, dans leur précipitation, ils grillent un feu rouge à un carrefour. Interpellés par un agent de la circulation en faction, ils sont bons pour une amende.
À la terrasse dévastée de la brasserie huppée, Monsieur Paul se relève. Par un de ces coups du sort qui vous feraient presque croire à un Bon Dieu avec son Petit Jésus, toutes les balles se sont encastrées dans le fer à cheval qu'il porte, en guise de médaille de saint Christophe, autour du cou, sous sa chemise, et dont il ne se sépare jamais. Un souvenir de quand il était cheval de cirque.
Les sirènes, la police ne sont pas loin, tout près, ils arrivent. Tout juste le temps pour Monsieur Paul d'aller rendre une visite de courtoisie aux toilettes pour dames et d'en ressortir, la moustache en moins, sous la forme convenable et rassurante de Mlle Georgia Greenwich, touriste anglaise, polyglotte et bien lasse de Ponto Kombo.

Le soir même, Mlle Greenwich dresse son petit bivouac dans une oasis désolante, sur la route qui doit la mener à Casablanca. Elle se dit que ce doit être bien quand même, Casablanca, rien que le nom déjà ça lui plait. Elle se dit aussi en se massant les reins que c'est la dernière fois qu'elle voyage à dos de chameau.
Le chameau, lui, ne se dit rien ; il sait, il sait qu'il est un dromadaire, alors il broute, résigné.

Soudain, une bande de pirates maltais jaillit d'un fourré et se rue sur elle. Ils l'assomment prestement avec quelque chose qui fait mal, la jettent dans un grand sac quand, soudain, une bande de farouches guerriers danakils jaillit d'un fourré et se rue sur eux ; ils les assomment prestement avec quelque chose qui fait encore plus mal, les jettent dans un très grand sac et s'en vont vendre tout le monde au marché aux esclaves le plus proche.
Le dromadaire, lui, broute toujours.

Au marché aux esclaves le plus proche, on transactionne fébrile, ça s'agite dans tous les sens et ça braille de partout dans une langue abrupte dont Hélène, malgré des efforts méritoires qu'il conviendrait de saluer comme il se doit, ne pète pas un traître mot.
On gesticule beaucoup aussi, parfois assez souvent même, on fait du bruit avec les mains, on souligne le propos. C'est très fatiguant à regarder et à entendre, ça épuise.

Après d'interminables palabres ponctuées de mimiques brouillonnes, Hélène est cédée (allez, pas de fausse pudeur entre nous : bradée) pour trois fois rien et deux fois pas grand-chose à un eunuque bien en graisse qui s'en va dans l'instant exhiber sa trouvaille à son Estimé Maître, Puissant parmi les Puissants, Gloire de l'Orient, Étoile Mirobolante, Guerrier Invincible et Invaincu, Sagesse sans Fin, Commandeur des Croyants, Fleuve de Prospérité, en résumé un tout ce qu'il y a de plus authentique Prince du Désert, avec le cimeterre qui va avec, certifié polygame.
Hélène découvre, envoûtée, l'univers troublant du harem. D'abord comme femme de ménage, puis, à force de travail acharné au son du bâton et du fouet, comme femme de ménage/bonne à tout faire, pour, enfin, finir femme de ménage/bonne à tout faire/souillon, avant que d'être enlevée lors d'une razzia opérée avec maestria par une tribu rivale qui aura la fâcheuse idée de

croiser le jour même la route d'une tempête de sable catégorie hargneuse. Balayés hommes, femmes, enfants, cheptels et accessoires de voyage, éparpillés bien loin et pas vraiment dans l'ordre.

Seule survivante du désastre, Hélène, plus morte que vive, est recueillie par un ermite qui miraculeusement passait par là. Le saint homme la traîne jusqu'à la grotte qui lui tient lieu tout à la fois de domicile et de salle de prière. Là, à même le sol, il lui prodigue les premiers soins, lui panse ses plaies et abuse d'elle vigoureusement à plusieurs reprises avant qu'elle ne reprenne assez de force et de santé pour lui fracasser le crâne avec le premier caillou qu'elle parvient à saisir.
Cette formalité accomplie, Hélène le soulage de tout ce qu'elle peut humainement embarquer, abandonne le cadavre de l'anachorète à la discrétion des charognards et lève le pied, direction loin d'ici en aller simple et sans escale, limite une pause pipi. On dit, c'est même marqué dans les dictionnaires, qu'ailleurs l'herbe est plus verte, c'est l'occasion d'aller vérifier.
En route vers de nouvelles aventures.
Au Soudan, elle s'acoquine avec des caravaniers à la moralité douteuse, pille des tombes à Assouan, est pêcheuse de perles en mer Rouge, fait de la contrebande de diamants au Cap, fausse bonne sœur à Madagascar mais vraie mendigote à Bombay, délatrice appointée à Macao, trafiquante d'opium à Shanghai, pirate sur le fleuve Jaune, tapineuse à Oulan-Bator, entremetteuse sur les bords du lac Baïkal, poseuse de rails sur le Transsibérien, détrousseuse de cadavres à Kiev, chanteuse des rues à Berlin.
Elle change mille fois et plus d'aspect, de nom, de sexe, de nationalité, en fonction des nécessités du moment, vit dans l'urgence. Elle joue du couteau, a le coup de boule véloce, la savate gracieuse qui laisse des souvenirs pénibles en travers de la gueule, tâte souvent de la prison, s'évade de temps en temps, fréquente des individus pas recommandables, initie un certain Léon Marie

Joseph aux subtilités du déguisement. Accumule les amants des deux sexes sans beaucoup de discernement. Apprend à mendier dans un tas de langues différentes. Découvre sans émoi apparent qu'ailleurs, c'est partout pareil. Traverse plein de frontières sans grande considération pour les formalités administratives. Survit sur le pouce.
Tout ça pour échouer un petit matin d'avril devant le portail cossu de l'hôtel particulier et parisien des Tréfond-Trévise.

Je vous sens haletants.
Qu'est-ce qui peut bien pousser Hélène à venir sonner à la porte du domicile de son frère Jean-Jacques? Parce qu'elle vient de sonner, là, tout de suite.
Le désir ardent de revoir les siens? Peu probable.
La soif de vengeance?
Vous n'y êtes pas, mais alors pas du tout. Sans intérêt pour elle, la vengeance. Qui comme chacun sait est un plat qui se mange froid mais n'est guère nourrissant: beaucoup de fatigue pour pas grand-chose.
Peut-être bien, mais oui bien sûr, c'est évident, pour récupérer la chair de son sang, son fils, son Simon, qui a dû bien grandir depuis tout ce temps, qui doit être un homme, maintenant?
Tout faux encore. Son Simon, d'abord, elle sait même pas que son enflé de frangin l'a récupéré chez lui, et d'une. De deux, elle s'en contre-tape l'intérieur des cuisses et même les avants-bras, de son rejeton. L'a exilé de sa mémoire, le têtard. Se le rappelle à peine, préfère ne plus y penser, l'oublie très bien.
Alors pourquoi?
Pour l'annonce qui a été passée dans le journal du matin:

> URGENT CHERCHE CHAUFFEUR AUTOMOBILE. RÉFÉRENCES INDIFFÉRENTES MAIS BONNE PRÉSENTATION EXIGÉE.

Suivait l'adresse du 79, rue des Cailloux-qui-Moussent.

Quand on bat le pavé avec des galoches à trous, pas une rondelle de nickel en poche, raide comme un passe-lacet, on évite de faire le difficile. Quand, de surcroît, on a pour un malheureux coup de surin bien placé chez un particulier beugler le ban et l'arrière-ban de la préfecture de police qui veut vous offrir le gîte et le couvert, eh bien ma foi, on prend n'importe quoi, le premier truc qui passe, pourvu que cela vous retire de la circulation, le temps de voir venir, de prendre de la hauteur, que ça se décante un peu dans le bon sens.

La porte s'ouvre sur un valet de chambre qui questionne. « C'est pour au sujet de l'annonce », obtient-il comme réponse.
Hélène est priée d'entrer.
À l'office, elle est reçue par le majordome Denis Figeac. Hélène prétend s'appeler Edmond Jonfleur depuis sa plus tendre enfance. Ses épaules de lutteur de foire et son costard de viril plaident en sa faveur. Elle exhibe des papiers d'identité avec extrait de naissance, permis de conduire et carte de sécurité sociale tellement faux qu'ils n'abuseraient pas une seconde la touchante naïveté d'un enfant de cinq ans. Par chance, Denis Figeac est tout sauf d'une touchante naïveté et il n'a plus cinq ans depuis plus de trente ans. En revanche, il a tout son temps.

Tout ça lui paraît très bien, rien à redire, parfait, même.
Voici la casquette, voici la livrée, voilà votre chambre, le garage est à côté, signez en bas de la page, là, merci, la place est à vous, mon ami.
Edmond Jonfleur est engagé comme chauffeur de maître et c'est Hélène qui est bien contente. Fini la bourlingue sur les chemins de misère. Là on peut se poser enfin, bien nourri avec que du bon, logé au chaud, un toit sur la tête quand il pleut dehors et un plancher qui grince sous les semelles de chaussures. Et puis les toilettes sur le palier.

Avec du papier hygiénique.
Pas beaucoup. Mais c'est l'intention qui compte.

Certaines personnes (j'ai les noms) seraient en droit de s'étonner, à juste titre, qu'à aucun moment Jean-Jacques de Tréfond-Trévise ne fût troublé par une certaine ressemblance entre son chauffeur, Edmond, et sa sœur disparue, Hélène, un petit air de famille, quelque chose comme ça. À ceux-ci, il sera répondu qu'un riche, un vrai, de naissance, pas un vague gagnant de loterie nationale, non, un vrai riche estampillé bottin mondain, ça ne regarde pas son chauffeur, ça ne le voit tout simplement pas, ça l'utilise, c'est tout. Un riche, un vrai, ne prête une attention ténue à l'un de ses salariés que très épisodiquement, en général les quelques minutes qui précèdent le licenciement de ce dernier. Ajoutons, pour être complet, que la sœur de Jean-Jacques de Tréfond-Trévise, pour autant que celui-ci pouvait s'en souvenir, était une femme, alors que son chauffeur Edmond était un homme. Qu'enfin Hélène, avec tout ce qu'elle avait enduré physiquement, se retrouvait maintenant avec la carrure et le déhanchement du mec qui en a vu d'autres.

Mais je vois bien que quelque chose d'autre vous tracasse, un petit détail qui dérange, un rien, une broutille, je le devine. Vous vous dites que, même avec une fausse barbe, eh bien, même avec une fausse barbe, de se retrouver là où elle se trouve dans cette demeure qui fut la sienne, à partager le quotidien d'un frère qui ne la reconnaît plus et d'un fils qui ne la connaît pas, ça doit la rendre toute chose, Hélène, non?
Non.
Et pourquoi donc?
Parce qu'elle veut qu'on lui lâche les miches, Hélène. Se faire oublier, c'est dans son programme. Effacée, Hélène. Edmond Jonfleur est là et il occupe toute la place.
Un Edmond qui se prend à se rêver un avenir tranquille, qui fait

des projets dans le futur tout proche, d'abord faire des économies pour se constituer un petit capital et se retirer sur les bords de Marne, y ouvrir une guinguette, devenir son propre patron avec sa petite entreprise à soi. Songer à s'établir, se mettre en ménage.

Alors, jour après jour, semaine après semaine, mois après mois, Edmond, avec une constance de hamster, ajoute une rondelle dans son bas de laine.
Ça aurait pu se faire, c'était jouable, c'était presque joué. Sauf que boum-boum patatras, la balle au bond, catastrophe, la tuile en béton. Un soir de décembre, le père Jean-Jacques de Tréfond-Trévise se fait dessouder par un enflé qui pense pas aux autres, le vilain.
Edmond Jonfleur peut dire adieu à sa guinguette.

Hélène de Tréfond-Trévise réapparaît sur le devant de la scène, dans la lumière crue d'un projecteur de police, au fond du bureau poussiéreux de l'inspecteur Georges d'Oubin, non, pas Georges : Gérard ? Jules ? Gaspard ? Gaspard, et d'Otain, ou d'Autain. Le type même de gars qui vous pose des questions auxquelles vous auriez tendance à ne pas vouloir répondre.
Exemples :
— Pourquoi la fausse barbe ?
— Pour faire des économies de rouge à lèvres, et ça me tient chaud l'hiver.
— Pourquoi et comment êtes-vous devenue chauffeur de maître ?
— Par amour pour la mécanique.
— Pourquoi avoir choisi de travailler précisément chez votre frère ?
— Les temps sont durs, les places rares et j'ai l'esprit de famille.
— Pourquoi vous travestir en homme ?

— Ma vie sexuelle ne regarde que moi et le pharmacien de garde.
— Pourquoi avoir dissimulé votre véritable nature à votre frère ainsi qu'à son entourage?
— Pour lui faire une surprise le jour de son anniversaire et puis j'ai dû oublier.
— Et les autres, l'entourage?
— Il m'arrive d'être très distraite, sauf au volant de ma limousine.
— On raconte que votre frère vous aurait violée dans votre jeunesse?
— On a tous ses petites misères.
— Simon de Tréfond-Trévise est-il votre fils?
— Je ne m'en souviens pas, je n'ai pas la mémoire des noms.
— Que faisiez-vous au temps chaud?
— Je chantais.
— Et vous dansez, maintenant?
— Si on m'invite mais c'est moi qui dirige.
— Vous voyez qui dans la cinquième à Enghien?
— Jouez l'as placé.

J'en passe.
Épuisant.

L'affaire de l'institution Saint-Sauveur avait été classée sans suite, et pour le viol il y a prescription et même pas de plainte: on lui rend ses lacets, lui fait signer son procès-verbal. Vous pouvez disposer, allez, circulez, on vous tiendra au courant, le juge d'instruction vous convoquera si nécessaire. L'enquête suit son cours mais nous n'excluons aucune hypothèse et nous explorons quelques pistes qui nous semblent prometteuses, toutefois, pour des raisons évidentes que vous comprendrez certainement, je ne peux vous en dire plus. Merci de votre collaboration, attention à la marche en sortant et au suivant.

Hélène ressort libre, avec nulle part où aller. Les scellés ont été posés sur l'hôtel particulier et parisien de Jean-Jacques de Tréfond-Trévise et tous ses biens mis sous séquestre pour la durée de l'enquête, le notaire, un homme capable, chargé de la succession, ayant révélé que le patrimoine du défunt se résumait à des dettes, que des dettes, rien que des dettes. Des ardoises impressionnantes par leur montant et leur diversité.

Il y en a qui digèrent mal la nouvelle, on pense tout de suite à la très jeune et très jolie veuve de Jean-Jacques.
Hélène, elle, elle s'en fout, question patrimoine elle est pourvue. Elle a ses économies et une idée très précise de comment dépenser ses sous. Pas assez pour la guinguette, certes, mais suffisamment pour s'offrir une petite douceur qui aide à vivre.
Un caprice.
Une fantaisie.
Un rien.
Une babiole.
Changer de sexe.
Pas seulement se travestir, non, changer le tout en profondeur, l'intime, chirurgicalement changer de sexe.
Mais lequel choisir ?

Renseignements pris et adresse en poche, Hélène se rendit dans une célèbre clinique privée d'une banlieue résidentielle où, lui avait-on certifié, un professeur de renom pratiquait ce genre d'opération dans la plus grande discrétion et la plus parfaite illégalité.
Cela lui coûta beaucoup d'argent pour un résultat qu'elle jugeait décevant.
Un interne compatissant la dirigea alors vers un brillant chirurgien qui officiait dans un hôpital d'excellente réputation. Les tarifs du praticien étaient exorbitants et cette fois encore Hélène ne fut pas totalement satisfaite de l'opération.

Sur la bonne foi d'un brancardier qui avait l'air de savoir des choses, Hélène alla frapper à la porte d'un cabinet dentaire où l'on faisait, paraît-il, des miracles. Elle cracha un paquet bien gras de fric à une bande de fripouilles pour un remodelage qu'elle qualifie encore aujourd'hui d'à chier. Une femme de ménage bien intentionnée lui glissa à l'oreille, pendant sa convalescence, qu'elle avait entendu dire que la voisine de sa cousine connaîtrait peut-être quelqu'un qui croyait savoir que... Hélène racla les fonds de tiroir et y courut.
Et ainsi de suite jusqu'à la dernière tentative, la plus désespérée, exécutée à vif dans l'arrière-boutique d'un coiffeur pour dames à l'heure du déjeuner par un commis pas tout à fait en pleine possession de ses moyens mais doté d'une rafraîchissante ardeur au travail qui faisait plaisir à voir.
Ce fut un naufrage.

Hélène décida d'arrêter les frais. Elle n'avait plus la force ni surtout les moyens. Elle était rincée, au moral comme au pécunier. Elle était défaite, non avenue, elle rendait les armes et son tablier, baissait les bras, abandonnait, se rendait et s'octroyait un méchant coup de barre. Et s'en allait chercher un boulot honnête parce qu'il faut bien vivre.

Au final, elle ne ressemble plus à rien, Hélène. C'est même pire que ça. Elle ressemble au patron du bar-tabac qui cause. Elle est le patron du bar-tabac qui cause.
Et qui s'arrête.
Et qui a fini.
C'est fini.

Silence.

35.

Simon de Tréfond-Trévise, accoudé au comptoir graisseux, a tout bien écouté en n'étant pas certain de tout bien comprendre. Il bée, un léger filet de bave pend de sa lèvre inférieure.

Julien Pairot n'a pas tout suivi et essaye désespérément d'allumer une cigarette.

Les clients se taisent et regardent le patron ou ailleurs, du côté de leurs chaussures, en se demandant quelle attitude adopter. À trop avoir l'air d'écouter un patron de bar-tabac qui se lâche en public, ça peut vous attirer des ennuis. Mais ne pas y prêter la moindre attention, ou faire comme si, c'est la certitude de récolter des soucis. Ils se tâtent, les chérubins, sur l'option la plus avantageuse.

C'est à peu près à ce moment-là que l'incendie se déclara.

36.

Si parler de ses malheurs soulage celui qui cause, écouter ceux des autres fatigue les oreilles. Partir d'Hélène de Tréfond-Trévise juvénile pour en arriver au patron bouffi et atrabilaire d'un bar-tabac de banlieue miteuse : Julien Pairot avait de suite flairé, en habitué, l'Odyssée majuscule à rebondissements tout en longueur.
Autant, dans ces conditions, se faire une raison et jouer les patients. Il y aura peut-être bien la tournée générale du patron pour clore le final. Julien Pairot étouffe un bâillement, un renvoi et un rot. Puis se dit rien que pour lui qu'il s'en grillerait bien une. Ça l'occuperait des mains et de la bouche.
Il extrait péniblement une cigarette du paquet largement entamé qui se trouve dans la poche intérieure de sa veste froissée, la porte à ses lèvres et se met à la recherche de sa grosse boîte d'allumettes qui doit se trouver au fin fond de la poche droite de son pantalon élimé.

Tant bien que mal, il extirpe de la boîte une allumette. Julien Pairot a de petites mains qui tremblent. Des mains de nain avec des tremblements d'alcoolique.
Julien gratte l'allumette.
Elle se casse.

Il la jette.
À terre.
À ses pieds.
Il recommence avec une autre allumette.
Qui se casse également.
Il la jette également.
À terre, à ses pieds également.
En prend une nouvelle.
Qui casse à son tour.
Comme la suivante.
Comme celle qui suit la suivante, comme toutes celles qui suivront. Et ainsi de suite jusqu'à la dernière, l'ultime, qu'il parvient à allumer.
De son côté du comptoir, côté caisse et nerf de bœuf, le patron achève son roman épique.

Julien Pairot penche la tête, tend le cou, met sa cigarette en contact avec la flamme de son allumette, laisse tomber cette dernière avant qu'elle ne lui brûle les doigts, aspire une longue bouffée de tabac, tousse un peu.
Et s'embrase.

Soit un nain alcoolique et fumeur dans un bistrot.
Soit, aux pieds de ce nain, un monceau d'allumettes, cassées certes, nous n'en disconvenons pas, mais avec leur petit bout rouge phosphoré intact, prêt à l'emploi et qui ne demande qu'à servir.
Soit une allumette, une seule, en pleine combustion, qui vous tombe là-dessus.
Soit une flamme de deux mètres.

Et voilà Julien Pairot, la cigarette au bec, qui se prend un coup de chaud. Le voici torche humaine d'un coup, il flambe douloureusement, il crie « Au feu ! » et aussi qu'il a très mal, qu'il suffoque,

qu'il aimerait bien un peu d'aide.
Il panique.
C'est humain.
Le nain est humain.

Julien s'agite dans tous les sens, se roule par terre, en profite pour foutre le feu à tout ce qu'il touche sans vraiment le faire exprès. Le feu au parquet plein de sciure. Le feu au clébard qui pour le coup se rappelle qu'il a quatre pattes et leur mode d'emploi. Le feu aux tables, aux chaises, aux murs pleins de crasse graisseuse, aux lambris, au comptoir, à l'ensemble, à la totalité et même aux consommateurs incrédules qui n'en reviennent pas de tout ce qui leur arrive comme ça, d'un coup, en une seule soirée.
Quelqu'un suggère judicieusement, ou avec un certain à-propos, un repli salutaire du côté de dehors, puis meurt.

37.

Hélène de Tréfond-Trévise, avec les yeux bordés de gras du patron de bar-tabac, regarde sans trop y croire ce qu'il lui reste de son commerce. Ce qu'il lui en reste, c'est que du souvenir dont on parle au passé.

Les pompiers disciplinés rangent sagement leur matériel. La chaussée est détrempée, on y glisse par endroits. La police fait circuler ce qui doit l'être et recueille consciencieusement sur de petits calepins réglementaires les témoignages qu'elle juge nécessaires.
Les ambulances sont déjà reparties. Elles traînent leur lot de blessés vers des lits accueillants et hospitalisés.
Julien Pairot, enfin, ce qu'on a pu en récupérer, est dans l'une d'elles.
Il survivra, dit-on.
La dépouille trop cuite du chien a fini dans une poubelle qui traînait par là.
Sous des couvertures rêches, à même le sol, s'alignent les cadavres.
Hélène les regarde un moment, avec un peu d'envie.
Une silhouette d'homme s'avance, une couverture rêche jetée sur les épaules, une couverture exactement toute pareille à

celles qui recouvrent les cadavres allongés, là-bas un peu plus loin. C'est Simon de Tréfond-Trévise. Il avance, le pas mal assuré, à cause de l'alcool, à cause de l'émotion.
Il est indemne.
Il a été épargné.
Il en a, de la chance.
Il s'avance.
Il se rapproche de celle qui fut et qui reste malgré tout, malgré les apparences, sa mère.
Il veut esquisser, il esquisse l'ébauche du début d'un geste, d'une parole de réconfort, de soutien. Et finalement de que dalle, stoppé sec net dans son élan compassionnel par un gravissime rapide direct du droit dans sa tête de nigaud que lui décroche en professionnel Hélène de Tréfond-Trévise, un machin d'anthologie qu'elle garde pour les grandes occasions, une chose délicieuse qui tasse bien le larynx au fond des amygdales. Comme elle est en main et qu'elle n'aime pas le travail besogné qu'à moitié, elle se l'achève d'un crochet du gauche qui lui ébouriffe la dentition, au Simon, et lui fait siffler l'air de la douleur tenace et persistante entre les deux oreilles.
Et puis elle tourne les talons, le laisse là, comme il a atterri, par terre, pas beau, en sang, en vrac sous sa pauvre couverture rêche.

Elle tourne les talons et s'en va, s'enfuit presque, sans se retourner, le pas rapide, les mains dans les poches, sans regret ni remords, avec juste dans l'œil comme une larme, peut-être.

Dans son coin, sur le macadam, sous la couverture rêche, au milieu de ses glaires, Simon râle un pathétique mais définitif «GROOOSSEUX SAAALOOPEUX».
Ou quelque chose du même genre.

Enfin, le jour se lève.

À L'ATTENTION DE NOS LECTEURS

Suite aux incendies survenus dans les pages et chapitres précédents, devant leur fréquence et les dommages causés, il conviendrait ici de rappeler quelques mesures élémentaires de sécurité.

■ ÉTEIGNEZ SOIGNEUSEMENT VOS CIGARETTES, CIGARES ET PIPES DANS LES CENDRIERS PRÉVUS À CET EFFET.

■ ASSUREZ-VOUS AVANT DE VIDER LE CONTENU D'UN CENDRIER DANS UNE POUBELLE QUE CE DERNIER EST EXEMPT DE TOUTE ESPÈCE DE PARTICULE INCANDESCENTE.

■ VÉRIFIEZ RÉGULIÈREMENT L'ÉTANCHÉITE DE VOTRE TUYAU D'ARRIVÉE DU GAZ.

■ ENTRETENEZ CORRECTEMENT VOTRE GAZINIÈRE.

■ Entretenez avec autant de soin votre chaudière.

■ Faites ramoner scrupuleusement vos conduits de cheminées par des professionnels agréés.

■ Méfiez-vous des fers à repasser vétustes.

- Méfiez-vous des fers à repasser.

- Faites repasser votre linge par un tiers rémunéré le plus loin possible de votre domicile.

- Contractez auprès d'une compagnie sérieuse, si ce n'est déjà fait, une solide assurance couvrant les risques liés aux incendies domestiques.

- Et industriels.

- On n'est jamais trop prudent.

- Lisez bien attentivement les paragraphes écrits en tout petits caractères avant de signer.

- Connaissez par cœur le numéro de téléphone de la caserne la plus proche de votre domicile.

- Si vous n'avez pas la mémoire des chiffres, inscrivez-le distinctement sur un petit bout de papier.

- Écrivez-le en GRAS sur un GROS morceau de carton si vous êtes MYOPE.

- Gravez-le au burin sur le mur de votre salon.

- Assurez-vous que vous avez bien le téléphone.

- Pensez à régler dans les délais impartis vos factures de téléphone.

■ Vérifiez régulièrement la tonalité de votre appareil.

■ N'oubliez pas de donner des étrennes aux pompiers.

■ N'hésitez pas, soyez généreux.

■ Faites l'acquisition d'un extincteur.

■ Mettez les produits inflammables hors de portée de vos enfants.

■ Ne laissez pas vos enfants jouer avec des allumettes.

■ Ne laissez pas vos enfants jouer avec des produits inflammables.

■ Ne laissez pas vos enfants jouer avec l'extincteur.

■ Ne laissez pas vos enfants jouer avec le téléphone, avec la chaudière, avec la gazinière, avec le tuyau d'arrivée du gaz.

■ Ne laissez pas vos enfants jouer.

■ N'ayez pas d'enfant.

CONSIGNES EN CAS D'INCENDIE

1. NE PAS PANIQUER.

2. Fermer toutes les issues.

3. Colmater soigneusement les commissures des portes et des fenêtres avec des linges humides.

4. Attendre les secours.

5. VOUS VENEZ DE PRENDRE CONSCIENCE QUE L'INCENDIE S'EST DÉCLARÉ CHEZ VOUS.

6. Ne paniquez pas.

7. Saisissez-vous de votre extincteur.

8. Lisez attentivement le mode d'emploi.

9. Votre extincteur refuse de fonctionner.

10. Ne paniquez pas.

11. Relisez attentivement le mode d'emploi.

12. Votre extincteur ne fonctionne pas.

13. Votre extincteur est hors service.

14. Vos enfants ont dû jouer avec.

15. Ils prétendent que non.

16. Ils mentent.

17. Ne paniquez pas.

18. Giflez vos enfants.

19. Évacuez dans le calme votre logement.

20. Arrachez fébrilement toute cette saloperie de chiottes de merde molle de putasserie de linges humides à la con qui colmatent les commissures de la porte, ce qui fait que ça coince, ce qui fait que vous ne pouvez pas ouvrir la porte, ce qui fait que vous ne pouvez pas sortir, ce qui fait que vous allez mourir.

21. Vous êtes mort.

38.

L'impression générale est que le moite domine lourdement. L'air est encombré d'une foultitude d'insectes assez agaçants, quand ils ne sont pas franchement brise-couilles.

C'est la jungle, une jungle de la Guyane française, avec son lot de palétuviers en fleurs et ses mangroves pleines d'eau croupie, idéale pour choper des saloperies exotiques qui rendent malades longtemps et que du dedans ça grouille, de choses hostiles qui nagent entre deux eaux et qui aimeraient bien vous manger un peu, serpents voraces et vicieux, poissons carrément carnassiers et puis aussi, et puis surtout, et puis enfin des crocodiles, ou seraient-ce plutôt des caïmans? Ou peut-être bien des alligators? Je n'ai jamais très bien su la différence entre tous ces bestiaux en peau de sac à main. Eux non plus, je le présume, mais dans leur cas c'est moins grave.
Si on va dans cette jungle, en général, c'est qu'on a quelque chose à y faire.
On a ses raisons, impérieuses.

On est zoologiste, par exemple, et l'on vient s'esbaudir devant la diversité proprement hallucinante des insectes qui te bouffent le cuir ; admirer sans retenue la quantité industrielle de singes, macaques, mandrilles, babouins, ouistitis, pongos, sapajous, chimpanzés, gibbons, guenuches et toutes ces autres sortes de quadrumanes qui hurlent dedans tes oreilles tout le temps qu'il faut pour te rendre sourd ou parfaitement idiot.

Dans la jungle, on peut trouver aussi, encore, de délicieux échantillons de botanistes distingués, le lot nécessaire de collectionneurs de papillons, quelques géographes impénitents, avec leur chaîne d'arpenteur, une poignée d'orpailleurs indélicats et, pour tenter d'être complet, une mesure de racaille au passé aventureux chargé et au présent limité par les fièvres.
Et, enfin,
Jérémie Cornélion.

Que nous dit le vieil Indien assis sur sa natte, en sa sagesse qui est grande ?

Il dit :
« Tu peux échapper aux fièvres des marais qui rongent le corps et l'âme de l'homme, survivre à la morsure du serpent et du scorpion. Le léopard lui-même peut t'épargner. Le truc, le machin, la chose qui flotte avec une tronche de vieux tronc d'arbre pourri en bois mort, qui qu'en est pas et que je sais jamais comment ça s'appelle parce que si j'ai beaucoup vécu, beaucoup vu et beaucoup entendu, j'ai pas beaucoup lu pasque j'ai pas été aux écoles, sinon tu penses, bien sûr que je ferais la différence entre un crocodile, un caïman et un alligator. Bref, on se comprend. Eh bien, cette infâme saloperie, ça peut te foutre la paix si tu viens

pas trop faire chier gras dans le marigot à l'heure de la sieste. Mais… trois petits points de suspension…
Mais, ajoute le sentencieux Vénérable tatoué de partout à la mode de chez eux, un os dans le nez et des plumes plus bas, mais si pour ton malheur tu as Jérémie Cornélion au derche, là mon pote, t'es rien moins que mal barré, tout comme foutu, presque fini. Parce qu'il te lâchera pas, cette fieffée vérole, ce morfal, avant de t'avoir ferré à mort.
Et si je te le dis, c'est que je sais de quoi je cause, car tel que tu me vois, là sur ma paillasse en rotin, je suis grand chaman, ce qui veut approximativement dire dans ton langage de trou du cul de Blanc quelque chose comme nonce apostolique. »

Ainsi a parlé le grand chaman.

39.

D'où venait Jérémie Cornélion? Personne ne le savait, en revanche tout le monde avait sa petite idée sur le sujet, mais de ces idées si menues, si ténues qu'aucune ne vaut la peine d'être exposée ici.
Jérémie Cornélion, si tant est que ce fût bien là sa véritable identité, était toujours resté très discret quant à ses origines, que d'aucuns devinaient modestes.
Il s'exprimait assez mal, avec peu de vocabulaire et une syntaxe passable dans quatre ou cinq langues européennes. Il comprenait l'indien et le créole de par ici.
Il pouvait être de partout, autant dire de nulle part : la peau plus tannée que mate, le poil dru, le cheveu rare, ras et roux, large de torse, un cou de taureau, des épaules qui font réfléchir le chicaneur qui passe à portée. Des bras plein la manche de chemise, avec des mains qui ne demandent qu'à redevenir des poings. Le front haut de ceux qui ont oublié d'avoir des remords, de belles dents dont une en or 18 carats. L'œil qui se revendique ouvertement bleu des mers du Sud après la pluie. Le regard vif, il y en a des qui diraient intelligent.
J'en suis.

Là-dessus, plutôt court sur pattes, le genre de gars pas grand mais qui se voit de loin. Avec ça, un de ces légers chaloupés dans le déhanchement qui vous signalent l'homme qui a connu la mer et les bateaux qui s'activent dessus. Peut-être pas le vrai marin, mais le matelot, sans aucun doute.
L'ensemble ne manquant pas d'un certain charme.

Il était arrivé ici, à Pont-ô-Combôô, il y a presque vingt ans de cela. Un beau matin, le voilà, le voici qui débarque du vapeur de la compagnie forestière qui assurait alors la navette avec Cayenne. On arrive rarement à Pont-ô-Combôô, on y échoue plus qu'autre chose.
Mais lui, le Jérémie Cornélion, n'avait pas l'air d'un naufragé.
Il n'avait pas l'air non plus d'un sous-préfet honoraire en quête de villégiature. Pas le monsieur à qui on tire son chapeau juste par politesse, sans trop y penser, comme par inadvertance. Non. Lui, c'était l'Homme qui sait qu'il est arrivé avec pour tout bagage ses deux mains enfoncées dans les poches, et à qui tu tires ton chapeau par respect pour ton intégrité physique.

« Où se trouve le poste de police ? »
Furent, dit-on, ses premières paroles à peine débarqué.
Quelqu'un qui passait par-là et croyait bien faire, obligeamment, lui indiqua la direction à suivre.
Qui se révéla fausse.
Le constatant amèrement, Jérémie Cornélion revint sur ses pas.
« Où se trouve l'emmanché qui m'a fait perdre mon temps que j'aime à croire précieux ? »
Furent, nous assure-t-on, ses secondes paroles. Elles sonnaient comme résonnent les menaces déguisées en avertissement.
Un enfant comblé de morve et qui devait s'ennuyer lui désigna du doigt la direction à prendre.
Qui le mena directement au poste de police.

À l'entrée du poste de police il y avait, il y a encore, il y a toujours, un grand panneau de bois où se trouvent affichés les avis de recherche, avec photo, prime et menus détails imprimés en gras. Sans rien demander à personne, Jérémie Cornélion en saisit une demi-douzaine, qu'il fourra dans la poche de sa veste. Puis, ceci fait, se dirigea de nouveau vers l'embarcadère.
Là, il avisa une pirogue.
« Ce canoë est-il à vendre ? »
S'enquit-il auprès de celui qu'il soupçonnait avec raison d'être le propriétaire légitime du bien convoité.
« Pas à vendre ! » lui fut-il répondu.
« Et pas canoë, pirogue ! » lui fut-il précisé.
« À louer alors ? » dit-il en demandant.
« Pirogue pas à louer ! »
« Alors je la prends ! » déclara Jérémie Cornélion en montant à bord et en se saisissant des... pagaies ? ou des rames, si vous préférez. Mais comme il est question de pirogue, le terme de pagaie me semble plus approprié. Pagaies au pluriel car il y en a deux, une qui sert et une qui décore en justifiant le pluriel.

S'en étant saisi, des, de la pagaie, le voilà qui s'active comme quelqu'un qui connaît son affaire. Et la frêle embarcation de filer droit de l'autre côté du fleuve tumultueux, vers la forêt tropicale et ses dangers innombrables, mortels et innombrables, avec à son bord Jérémie Cornélion.

Le propriétaire n'a rien dit, n'avait pas grand-chose à opposer. Il avait jaugé d'emblée Jérémie Cornélion. Sa détermination dans l'action et la taille de ses poings qui pousse à réfléchir vite avant de parler. Il avait évalué ses chances de survie en cas de confrontation brutale pour cause de refus obstiné, était arrivé à la conclusion qu'en s'écrasant mollement il vivrait mieux et plus longtemps.
Il avait laissé faire.

Quand la pirogue et le Jérémie Cornélion eurent atteint une distance respectable, le propriétaire alla au poste de police porter plainte pour vol, sans beaucoup de conviction, persuadé qu'il était qu'on ne retrouverait pas de sitôt délinquant et butin.

Au loin, sur l'autre rive, l'on pouvait distinguer, encore, sans peine, la silhouette de Jérémie Cornélion sur sa pirogue s'enfonçant dans la jungle fatale d'où il ne devait jamais revenir.

Il en revint pourtant.
Bien portant, quoiqu'un peu fatigué, mais si peu.
Quinze jours plus tard.
Et pas tout seul.
Traînant avec lui une demi-douzaine de gaillards, dont certains dans un état de décomposition qui avançait. Tous enchaînés savamment, ligotés, serrés proprement.
Jérémie Cornélion remit l'intégralité de l'ensemble au factionnaire responsable du poste de police, qui, pour l'occasion, s'extirpa de sa sieste.
Formalités de mise sous écrous réglées, Jérémie Cornélion toucha la totalité des primes afférentes aux malfaiteurs appréhendés. Lesté du pécule, il ne s'attarda pas en vaines politesses inutiles. Dehors, de nouveau, il se planta devant le panneau de bois qui ornait, qui orne encore, qui orne toujours, l'entrée du poste de police. Il y découvrit sa fiche avec récompense contre capture pour vol de pirogue. Il arracha la fiche, fit demi-tour, rerentra dans le poste de police, se livra lui-même au fonctionnaire, toucha la prime pour sa propre capture, avec laquelle il paya l'amende qui lui était échue ainsi que les dommages et intérêts, ceci fait, prit congé sans affectation, faisant l'économie d'urbanités malvenues. Sorti du poste de police, de grandes enjambées nerveuses le menèrent directement au propriétaire vétilleux de la pirogue, qui se vit gratifier d'une danse tout en grands coups de doigts bien serrés au fond de la paume à

ramollir le maxillaire. Exactement le genre de type de choses qui vous fait parler du nez longtemps et aimer la soupe.
Quelques exemples de bourrades et coups de latte pernicieux au niveau de la virilité parachevèrent la correction.
Mornifles, horions, claques, gifles, tapes et taloches conclurent le massacre commencé.
Quand Jérémie Cornélion n'eut, effondré à ses pieds, qu'un assortiment concassé de chairs éplorées de coups, il dit, d'une voix de stentor, afin que cela se sache :
« Faut pas faire chier Jérémie Cornélion ! »

C'est ainsi qu'ici l'on sut son nom.

40.

Vingt ans plus tard.
Jérémie Cornélion fatigue un peu, l'âge sans doute. Il se fait vieux pour la course, pour la traque. Il aimerait bien raccrocher, peut-être. C'est ce qu'il doit se dire sans se le dire. Il y songe, en tout cas, en ramenant sa pirogue chargée de la prise du jour.
Tout autour de lui la forêt inextricable semble inchangée, immuable, figée.
Tout autour de lui la forêt l'emmerde.

Il rame, en attendant rien, vers ce qu'il sait déjà. Dans bientôt ramer lui sera pénible. Il le devine, le redoute. Ses muscles n'ont plus le tonus, ses réflexes la vivacité, sa vue l'acuité. Il n'est plus celui qu'il était sans être encore celui qu'il sera.

Cette chasse, c'était la dernière, l'ultime, le point final avant le baisser de rideau définitif, la fermeture irrévocable.

Le lascar, là, qui se prélasse, emmenotté, au fond de la pirogue, ce sera son dernier coup. Mais gros coup. Du gibier qui rapporte une petite fortune, si vivant et presque entier, stipulait, précise, la fiche pratique du monsieur.
Car, comme souvent, c'est un monsieur.

Recherché par toutes les polices de France métropolitaine et des alentours. Ardemment recherché, le bonhomme. Pour avoir été mêlé de trop près à quelques affaires retentissantes qui défrayèrent la chronique judiciaire de la Capitale.
Jérémie Cornélion avait mis du temps à se l'avoir, celui-là.
Un coriace de retors.
Mais il se l'était eu, comme les autres.
Il se l'a eu.
Le DENIS FIGEAC.
Comme les autres.
Tous les autres.

Mais voici qu'apparaît le ponton de Pont-ô-Combôô. Jérémie Cornélion accoste, débarque, décharge puis, las et silencieux, traîne son paquet au poste de police, sous l'œil imperturbable de ceux qui passent en prenant soin de regarder ailleurs, le plus loin possible.
« Qui que donc qui nous s'en vient là? Jérémie Cornélion tel qu'en lui-même ! »
Le factionnaire qui l'accueille n'a pas changé, toujours le même, avec du grade et de la graisse en plus, du cheveu en moins.
Et vingt ans de trop.

« Qu'est-ce qui t'amène, cette fois ? »
S'enquit-il en curieux qui s'impatiente pour rire.
« Ça ! » rétorqua Jérémie Cornélion, en exhibant sa proie.
« Ça? » s'étonna le factionnaire.
« Ça », stipula Jérémie Cornélion.
« Et ça, c'est quoi ? » surenchérit ce scrupuleux dépositaire de la force publique contre traitement indexé sur le coût de la vie sans préjudice des primes non cumulables.
« Ça, c'est DENIS FIGEAC ! ». Et Jérémie Cornélion, supputant qu'en face il y a de la défaillance ou de la mauvaise volonté de la part de l'auditoire, lui sort et plante sous le nez l'avis de

recherche, avec blaze, binette, prime en gros caractères du susdit. Le fonctionnaire avait un nom qui lui venait de son père: Roubennec. Et un prénom qu'il n'aimait pas, dont il ne faisait état que contraint et forcé.
Ou alors quand il était bien ivre.
Mais là, il était à jeun.
Alors va pour Roubennec.

Roubennec dit: « Tu vieillis Cornélion. »
« Je sais », dit Cornélion.
Roubennec dit: « Tu baisses. »
« Je sais », dit Cornélion.
Roubennec dit: « Ta vue baisse. »
« Je sais », dit Cornélion.
Roubennec dit: « Ce que tu m'amènes, c'est pas DENIS FIGEAC. »
« C'est qui alors ? » dit Cornélion.
Roubennec précisa: « Pas qui mais quoi. »
« Alors c'est quoi ? » s'énerva Cornélion.

Roubennec soupira en profondeur, je crois qu'il aimait bien Jérémie Cornélion. Il y avait du désolé dans ce soupir.
« C'est rien qu'un vieux pneu, Jérémie. Rien qu'un vieux pneu usé, Jérémie. Même moi, je l'ai tout de suite vu. Même moi. »

Jérémie Cornélion dut en convenir.
Il vieillissait.
Un pneu.
Comment avait-il pu se laisser abuser par une ruse aussi grossière?

Jérémie Cornélion éclate en sanglots.

41.

Denis Figeac ricane, pas peu fier de son subterfuge grâce à quoi il a pu pénétrer sans encombre à bord du Karaboutjan.
Le Karaboutjan est un cargo en fin de course, investi par la rouille, battant pavillon complaisant.
Sa sirène résonne, les échelles de coupées sont amenées, l'ancre remontée, l'équipage s'active, les chaudières montent en régime et entraînent les pistons, les cheminées fument noir.
Le Karaboutjan s'ébranle dans un bruit de tôle qui souffre et de vapeur qui fuit, au milieu des cris et des coups de sifflets qui ne servent à rien d'autre qu'à se donner l'illusion du départ.
Il s'éloigne du quai, tout surpris de flotter encore une fois.
Il quitte Cayenne.
Direction la métropole, Le Havre, où il doit livrer sa cargaison de produits manufacturés, de matières premières, de denrées exotiques et souvent périssables, un peu de tout en grande quantité.
Et un passager clandestin.
DENIS FIGEAC.
Déguisé en pneu.

Pendant ce temps-là, plus loin, beaucoup plus loin dans la jungle, autant dire plus loin que nulle part, accroché à sa patère,

Marc Balmard crie :

« Hé… Ho… !

Il y a quelqu'un ? »

42.

« Je vais vous exposer la situation aussi brièvement que possible. »
La voix du ministre de l'Intérieur résonne un peu sous les lambris surchargés de son immense bureau façon Empire.
À Paris, au ministère de l'Intérieur, le ministre de l'Intérieur reçoit, en tête à tête, celui qu'on lui a assuré être ce qui se faisait de mieux dans l'excellence du meilleur des enquêteurs, fins limiers, policiers d'exception.
Du calibre suprême certifié cador de concours.

FRANÇOIS BELHOMME est son nom.
FRANÇOIS BELHOMME est un champion.

Dehors il fait beau, un peu trop chaud pour un début de mois de juillet. Des orages seraient à craindre pour la fin de la semaine. Mais ce n'est pas sûr.

Le ministre est assis à son bureau côté ministre, il feuillette le dossier que ses services lui ont diligemment fait parvenir sur François Belhomme. Il compare ce qui est écrit avec ce qu'il voit en face de lui. Y trouve une certaine cohérence qui le réconforte. Comme promis, le ministre expose brièvement la situation.

Il s'agit de l'Affaire ! Celle du 79, rue des Cailloux-qui- Moussent ! L'affaire Tréfond-Trévise !
Rien que ça. Pas moins.
Le scandale n'a que trop duré, la Justice est ridiculisée, la Police brocardée, les gazettes stipendient à longueur de colonnes les défaillances supposées d'une administration soupçonnée d'un laxisme coupable, l'opposition donne de la voix, l'opinion s'émeut.
En hauts lieux on s'inquiète.
Il faut que cela cesse !
Que le ou les coupable(s) soi(en)t démasqué(s) dans les plus brefs délais, mis en état d'arrestation pour être déféré(s) au Parquet où il aura ou ils auront à répondre de leurs crimes avant d'être présenté(s) devant le Tribunal qui le ou les condamnera avec toute la sévérité requise, le temps des atermoiements stériles étant révolu.

« Je veux, j'exige des résultats ! » tonne le ministre. « Vous avez toute ma confiance. Je vous laisse toute latitude. Vous aurez les mains libres et des coudées franches. »

« Mais je veux des résultats. »

« Vous avez carte blanche, Belhomme. Quoi que vous fassiez, je vous couvre. »

« Dois-je comprendre, Monsieur le Ministre, que j'ai une totale liberté de mouvement ? Nulle entrave, éthique, juridique, hiérarchique ?
— C'est cela même, Belhomme.
— C'est-à-dire que je puis faire ce que bon me semblera ?
— Sans limite aucune, Belhomme.
— Et je commencerai quand ?
— Tout de suite, Belhomme. »

François Belhomme se redresse du fauteuil façon Empire où il était assis, il a le regard décidé et farouche qui précède les grandes choses qui doivent s'accomplir.
Et d'un bond il est sur le ministre et s'attelle à le rouer de coups, tout en imitant passablement avec sa bouche le cor anglais.

43.

« Je vais vous exposer la situation aussi brièvement que possible. »
La voix du ministre de l'Intérieur résonne toujours un peu sous les lambris surchargés de son immense bureau façon Empire.
Le ministre toise comme il peut de son œil poché l'homme qui se tient devant lui.
Jean-Pierre Abeuville regarde le ministre, remarque qu'il lui manque deux dents et qu'il s'est fait une tête ankylosée d'accident de la circulation.
Quand il a fini de regarder, il écoute.

C'est au sujet de l'affaire Tréfond-Trévise du 79, rue des Cailloux-qui-Moussent, un scandale qui ridiculise la Magistrature et le Judiciaire dans les manchettes racoleuses des journaux qui se font les échos complaisants des ragots de l'opposition partisane sur la prétendue gabegie endémique des services compétents concernés, les livrant à la vindicte populacière et mettant en difficulté relative le Pouvoir issu de la majorité qui, conscient de ses responsabilités, désire mettre un terme définitif à cet état de fait qui s'éternise depuis trop longtemps.
Appréhender les délinquants à l'origine de tout cela devient, dès lors, une priorité absolue.

«Vous avez carte blanche, Abeuville. Quoi que vous fassiez, je vous couvre!
— Dois-je comprendre, Monsieur le Ministre, que je dispose d'une totale liberté de mouvement dans l'action? Sans restriction d'aucune sorte?
— Pas exactement, Abeuville. Il vous est scrupuleusement INTERDIT, même si vous en avez TRÈS envie, de FRAPPER votre ministre en essayant d'imiter maladroitement le cor anglais avec la bouche. C'est la seule restriction.
— Et je commencerai quand?
— Tout de suite.»

Abeuville se redresse, une lueur martiale dans l'œil, baisse son pantalon et son caleçon, découvrant un membre viril qui ne demande qu'à faire plaisir, puis, avant même que les huissiers postés à proximité n'aient eu le temps d'intervenir et de le ceinturer, défèque grassement sur le bureau presque Empire en déclamant des vers de son cru d'assez mauvaise facture.

44.

L'automne est en avance cette année, signe d'un hiver rigoureux, et déjà il y en a qui s'en plaignent. Pourtant, geindre n'a jamais réchauffé une soupe.
Nous aurons peut-être de la neige pour Noël.

« Dois-je comprendre, Monsieur le Ministre, que j'ai une totale liberté de mouvement dans l'action ?
— On se calme, Pouniac. »

Paul Pouniac n'est pas tout à fait le foudre de guerre sur qui, naturellement, sans prendre le temps de la réflexion, on compte pour la rescousse en haute mer par mauvais temps.
Pas le pire du pire, non plus.
Pas une catastrophe.
Juste.
Seulement.
Pas une lumière qui éclaire bien loin.

Ce n'était pas exactement le profil souhaité par le ministre pour remplir la délicate mission avec la célérité requise.
Mais c'est tout ce qui restait en magasin d'à peu près présentable.

« On se calme, Pouniac, on ne s'emballe pas, on revient sur terre, paisible comme un bon garçon. Voilà la consigne, tu l'écoutes attentivement, t'essayes de comprendre et t'en bouges pas. Sinon... »
Geste ample du bras au bout duquel une main ministérielle ferme désigne, révèle, si des fois ça pouvait avoir échappé, les quatre-vingt-dix gardes mobiles au garde-à-vous, prêts à l'emploi.
Il n'y aurait qu'à demander.
Siffler devrait suffire.
Mais on peut toujours avoir affaire à une nature distraite. Autant prendre les devants, prévoir le cas où sait-on jamais et domestiquer l'improbable qui n'est jamais impossible.
Le ministre tire d'une de ses poches, avec son autre main, un petit sifflet pas si petit que ça. Qu'il agite sous le nez de son interlocuteur.
Son regard de ministre va du sifflet aux gardes mobiles dans leur ensemble puis revient sur le sifflet qu'il n'a pas cessé d'agiter.
On voit dans l'œil de Pouniac qu'il a compris.

Le ministre reprend.
« Alors, suis-moi bien de près et loupe pas un détail utile, c'est une négligence qui pourrait te familiariser avec le regrettable :

FAUT PAS
JAMAIS
ABSOLUMENT
C'EST INTERDIT
FORMELLEMENT
DE :

(le ministre s'empare d'une liste
avec la main qui n'agite pas le sifflet)

— Frapper le ministre en imitant le cor de chasse.
— Déféquer sur le bureau du ministre en bramant des vers idiots.
— Frapper le ministre avec un cor anglais en imitant la mandoline.
— Exiger du ministre d'être par lui frappé avec une badine que l'on aura préalablement introduite dans l'enceinte du ministère sans autorisation, à l'insu de sa hiérarchie.
— Appeler le ministre « maman », « papa », « chéri », « chaton », « salope ».
— Exhiber son membre au ministre.
— Faire des propositions explicites, malhonnêtes et contre-natures au ministre.
— Tenter par la force d'obtenir des faveurs contre-natures du ministre.
— Obtenir par la ruse des faveurs contre-natures du ministre.
— Uriner sur le ministre.
— Uriner dans le ministre.
— ...

Paul Pouniac essaye de suivre, sans vraiment s'intéresser. Subreptice, il se prend une petite somnolence doucereuse. Tel qu'il est là, sans se faire violence, il monterait bien un numéro d'assoupi.
« Je te cause, l'acrobate ! »
Paul Pouniac sursaute.

Le ministre a fini de lire sa liste. Il en fait une boulette, la jugeant sans doute désormais inutile, et la jette par-dessus son épaule avant de pointer un doigt lourd de conséquences en direction de Pouniac.

« Ce que j'entends par carte blanche, c'est que je me contre-tamponne le coquillard de comment avec quoi tu vas me solutionner

cette chiotteuse d'Affaire qui me grippe les testicouilles. Mais JE VEUX qu'on en finisse avec cette embrouille saugrenue. Je veux qu'on en parle au passé.
Mieux, qu'on en parle pas parce qu'on en parlerait plus.
T'as un peu saisi le topo, ou môssieur veut-il que je lui resserve le tout depuis le début, avec des dessins à colorier et des menaces en couleur ?
Non ?
Non !
Alors...
... À LA MANNNNNŒUVRE ET AU PAS DE CHAAAAAAAAAAAAAAAAAAARGE !
Exécution. »

Paul Pouniac, transfiguré par la harangue ministérielle, se redresse de son siège en bombant le torse et claque des talons le petit doigt sur la couture du pantalon. Il répond présent, oui chef, à vos ordres, chef, on les aura, vous pouvez compter sur mon dévouement indéfectible dans l'accomplissement de la tâche à remplir, fût-ce au péril de ma vie.

Sonnez tambour.
Résonnez musettes.
Action !

45.

Paul Pouniac, pistolet au poing, s'élance hors de l'immense bureau façon Empire. Les gardes mobiles spontanément lui emboîtent le pas de charge, sans savoir précisément où ils vont mais avec la volonté d'y arriver. Les voici dévalant les étages qui les séparent du rez-de-chaussée. Les fonctionnaires qu'ils croisent capables de tenir une arme sont réquisitionnés par Pouniac. Les bureaux se vident, la troupe s'accroît. C'est en nombre qu'ils jaillissent dans la cour du ministère. Les voitures automobiles ainsi que les fourgons qui s'y trouvent stationnés sont immédiatement investis. Pouniac fait appeler du renfort, qu'il juge indispensable, par radio-émetteur. Les sirènes meuglent. Les moteurs mugissent. Crachent les pots d'échappement. Portières qui claquent. Freins qui crissent. C'est le départ. Un départ en trombe, pied au plancher. Tous les véhicules qui se jettent, s'arrachent dans un vacarme affolant de fin du monde. Pouniac à leur tête.

Dans son bolide, Pouniac fonce à vive allure et, très vite, creuse l'écart. Mais un puissant fourgon de la garde mobile se détache. Il gagne du terrain sur Pouniac qui ne parvient à maintenir la distance qu'au prix de risques insensés. L'autre s'accroche. Il remonte sur Pouniac. Ils sont maintenant roues dans roues.

Le fourgon tente un dépassement audacieux à la faveur d'un virage en épingle à cheveux. Mais Pouniac a vu le danger venir, il anticipe et bloque la progression par un chassé de queue. Les pneus raclent le bitume. L'asphalte se fait tatouer de la gomme. Pouniac toujours en tête, mais pour combien de temps encore? Le fourgon ne s'avoue pas vaincu, il a de la ressource, il ne lâche pas Pouniac et multiplie les attaques. Bientôt rejoint par une motocyclette de la gendarmerie qui se tenait jusqu'alors en embuscade, attendant une ouverture pour tenter une percée. Qu'elle effectue, profitant de ce que Pouniac contrait une manœuvre de son challenger. Elle déborde Pouniac sur son aile droite et lui file deux longueurs dans la vue avant que ce dernier n'ait eu le temps de réagir.
Pouniac doit reprendre l'initiative.
Une suite de virages particulièrement serrés lui en fournit l'occasion. Pouniac faisant fi de toute prudence, à la limite extrême de la casse mécanique qui le mettrait définitivement hors course, les prend d'affilée, à la corde, sur la bande, enchaînant les dérapages contrôlés. La motocyclette tient le rythme que lui impose Pouniac. Pouniac remonte son handicap. Il est sur la motocyclette. Le fourgon, qui n'a pas dit son dernier mot, toujours accroché à ses basques. L'écart se resserre. Pouniac y est presque. Dans la dernière ligne droite qui s'annonce, il peut le faire. Il va le faire. Il le fait.
IL L'A FAIT.
Victoire!
Pouniac repasse en tête.
Plus rien ni personne ne semble pouvoir l'arrêter.

Quand soudain!
Face à lui surgissent à pleine vitesse les renforts commandés par radio-émetteur.
Pouniac parvient à éviter la première voiture qui se présente et qui ira faucher la motocyclette qui le suivait.

Il échappe de peu à la seconde, qui s'explosera contre le fourgon. Mais il ne parvient pas à esquiver la suivante, dans laquelle il s'encastre irrémédiablement.
Tout ce qui suit se carambole, s'emboutit, s'enchevêtre, et se fracasse ; les uns s'imbriquent dans les autres, les autres dans les uns. Plus de différence entre le dedans et le dehors. La tôle froissée épouse les corps, à ne plus distinguer l'homme de la machine, le pignon de la gueule qui râle. Orbites de faces énucléées roulant à terre en compagnie de phares sans calandres. Du volant en sautoir. Du par-brise plein les poumons. Les réservoirs broyés répandant leur essence sur la chaussée couverte de membres lacérés.
Il ne manquerait plus que.
Avec toute cette essence.

L'explosion acheva de convaincre qu'il se passait quelque chose de grave que les autorités gouvernementales tentaient de dissimuler maladroitement.
Rien que le déploiement d'unités motorisées de la police judiciaire qui sillonnaient les rues de la ville toutes sirènes hurlantes depuis le début de la journée avait de quoi inquiéter légitimement le plus placide des citoyens.
L'explosion confirmait les pires appréhensions.
C'était un coup d'État.
Ou alors la révolution. Ou la guerre.
Dans tous les cas, c'était pas du bon.

46.

La population, effrayée, se calfeutre chez elle, se barricade.
Pour ceux qui n'ont pas, plus de chez-eux, on se barricade en plein air, dans la rue.
C'est ce que trouvent les détachements militaires sur leur chemin, en tentant de porter secours et assistance aux carambolés.
Des barricades.
Qui bloquent leur progression.

La troupe prend position, prête à toute éventualité, et attend les ordres qui tardent à venir. Une réunion de crise est convoquée d'urgence par l'Exécutif. Des rapports confidentiels et des témoignages concordants émanant des services de renseignements font état d'une tentative de déstabilisation du régime par des groupes factieux pour le compte d'une puissance étrangère. Le débat s'engage sur la politique à adopter et les moyens à mettre en œuvre. Les avis divergent.
Les Ultras exigent que l'Armée rétablisse l'ordre dans les plus brefs délais. Car la chienlit fait le jeu des Communeux. Toujours prompts à exploiter les faiblesses du Système, qu'ils sapent, sournoisement, avec la complicité tacite des populations exogènes.
Les autres, quant à eux, exigent que les Ultras baissent d'un ton et mettent la sourdine pour pouvoir réfléchir.

On hausse la voix, des susceptibilités mal placées sont froissées. La réunion vire au débat, qui tourne à l'affrontement partisan. Arrive l'invective qui précède les gifles.

Soudain un huissier s'effondre, mortellement blessé par un coup qui ne lui était pas destiné.
Tous les participants à la réunion de crise, représentants des principales formations politiques, secrétaires d'État, chefs de cabinets, ministres délégués, ministres, le Premier ministre et même le Président, tous sont conscients de ce que ce regrettable accident pourrait avoir comme répercussion négative dans l'opinion publique s'il venait à s'ébruiter, compte tenu de la situation politique et sociale actuelle.
Il est donc décidé, d'un commun accord, de faire disparaître le corps de ce malheureux, dans la plus grande discrétion, et de garder un silence absolu sur ce déplorable incident.
Mais les huissiers qui sont là, qui ont tout vu et tout entendu, s'y opposent fermement, et réclament pour leur camarade une sépulture chrétienne et des funérailles dignes d'un serviteur de l'État.
Ils sont déterminés, les huissiers.
Et nombreux.
Que faire ?
Les exterminer tous ?
Les huissiers résistent.
Ils font mieux que résister et ils se révèlent, dans le corps-à-corps qui s'engage, de fameux adversaires et de redoutables combattants.

Pendant ce temps, contre toute attente, la troupe fraternise avec ce qu'elle croit être les insurgés.

Au même moment, la rumeur se répand que le palais présidentiel serait en flammes.

Que l'on s'y bat.
Que le Pouvoir est aux abois.
Que les huissiers se sont révoltés.
Que le Président est mort.
Qu'il a fui à l'étranger.
Qu'il est une femme.

Aussitôt la Bourse s'effondre, entraînant dans sa chute les économies de millions de petits épargnants et précipitant la fuite des grands noms de la Finance et de l'Industrie, qui abandonnent à leurs directeurs généraux le soin de se suicider pour eux.

Sur les ondes nationales sont diffusés des appels au calme et à la responsabilité civique que personne n'écoute.

Entre-temps, un fort contingent d'infanterie de marine coloniale débarque à Marseille, ajoutant à la confusion générale.

Soudain, la guerre civile éclate.

Soudain, le courrier n'est plus distribué et les trains ne marquent plus l'arrêt dans certaines gares de banlieue.

Soudain, il y a des coupures intempestives de courant électrique.

Soudain, c'est la famine.

Soudain, c'est n'importe quoi.

Soudain, c'est la fin de la République.

LIVRE DEUXIÈME

LE ROI EST DE RETOUR

(de notre envoyé spécial au Bourget)

C'est avec presque six heures de retard, du fait, semble-t-il, de conditions météorologiques défavorables, que l'aéroplane des lignes régulières de la Compagnie nationale helvétique en provenance de Genève (Suisse), dans lequel avait pris place l'héritier de la Couronne, est enfin parvenu à atterrir, ici au Bourget, en fin d'après-midi.

Une foule immense, difficilement contenue par un service d'ordre pourtant impressionnant, se presse impatiente aux abords de la piste d'atterrissage dans l'espoir d'acclamer le nouveau Souverain.

Espoir qui fut vite déçu lorsqu'il devint évident que Sa Majesté ne comptait nullement au nombre des passagers.

Un certain désarroi, perceptible, s'empara des officiels venus l'accueillir. Les plus folles rumeurs d'enlèvement commencèrent à se répandre, heureusement vite démenties par un communiqué, émanant de la Direction de l'aérodrome, nous informant que l'absence de Son Altesse Royale résultait de ce que cette dernière, étant arrivée quelque peu en retard sur l'horaire fixé pour l'embarquement, s'était retrouvée dans l'impossibilité de monter à bord d'un appareil parti deux heures plus tôt.

Toutefois, tout était actuellement mis en œuvre pour que le Monarque soit en mesure de prendre le prochain vol à destination de Paris-Le Bourget.

Le communiqué s'achevait sur des considérations météorologiques, d'où il ressortait que le prochain vol à destination de

Paris-Le Bourget accuserait un retard prévisible de sept heures. Soit une arrivée probable aux premières lueurs de l'aube, le lendemain matin.

Sur la foi de ces dernières informations, tout le monde prend les dispositions qu'il juge nécessaires afin de s'assurer la nuit, qui va être longue, la moins mauvaise possible.
Ainsi les officiels s'apprêtent à découvrir les joies simples du camping sauvage en plein air. Quant à la fanfare et aux porte-drapeaux, ils s'organisent un bivouac autour de braseros improvisés, avec de vieux pneus.

La foule versatile s'est déjà clairsemée. Le service d'ordre, n'ayant reçu aucune consigne particulière, stoïquement demeure, impressionnant.

Dans un coin, contre un bout de hangar inachevé, mes collègues et moi-même de la presse, on se serre les uns contre les autres pour se tenir chaud. Il y en a qui ont remonté leur col de pardessus quand d'autres fument la pipe.

MORT
AU ROI
VIVE LA
RÉPUBLIQUE

(Graffiti anonyme.)

LE RETOUR DU ROI

(de notre envoyé spécial au Bourget)

La passerelle vient d'être arrimée à la carlingue et l'écoutille déverrouillée. Elle s'ouvre. Elle est ouverte. Le voici qui apparaît : LE ROI !

Notre Roi sous le crépitement des flashes des reporters-photographes venus du monde entier immortaliser cet événement historique qui restera gravé dans toutes les mémoires de l'humanité pour les générations futures.

Enfin, avec une certaine grâce et beaucoup de simplicité, le Roi descend les quelques degrés qui le séparent encore du sol national, un sourire avenant aux lèvres, qu'il a maquillées de carmin.

Certainement pour les commodités du voyage, le Roi n'a pas hésité à se teindre en blond les cheveux qu'il porte longs, retenus en un chignon serré haut sur la nuque.

Pour les mêmes raisons, on le suppose, il a revêtu un uniforme d'hôtesse de l'air dont la veste échancrée laisse deviner un solide tour de poitrine que bien des vedettes de music-hall lui envieraient.

Mais... mais... les haut-parleurs diffusent une annonce de la Direction de l'aérodrome nous indiquant, sans ambiguïté et avec une certaine rudesse, compte tenu de l'instant solennel, que, je cite :

« Pour information, cette personne n'est pas le Roi, mais une hôtesse de l'air en tenue réglementaire d'hôtesse de l'air... »

Qu'en définitive le Roi n'a pu prendre cet avion pour des raisons assez complexes, quoique fort prosaïques, de perte de bagages ajoutée à un titre de transport égaré puis retrouvé pour être reperdu par la suite avec la totalité de ses papiers d'identité.

Que le Roi est toujours à Genève pour le moment. Mais que les autorités concernées, ainsi qu'un personnel hautement qualifié à la compétence reconnue, font tout leur possible pour lui permettre de parvenir à destination dans les délais les plus brefs.

Que l'on ne prévoit pas d'amélioration des conditions climatiques pour les soixante-douze heures à venir.

Que de ce fait, l'on peut s'attendre à quelques perturbations dans le service des départs et des arrivées.

Que l'on nous prie instamment de bien vouloir pardonner pour la gêne occasionnée.

Que le service de restauration est à notre disposition.

Qu'il est formellement interdit de fumer dans l'enceinte de l'aéroport sous peine de poursuites.

Que les animaux de compagnie doivent être tenus en laisse.

La fanfare s'est tue et commence à remballer ses instruments, à vent pour l'essentiel, en donnant des signes alarmants de mauvaise humeur.
Certains de ses membres font mine de se diriger vers la sortie la plus proche en invoquant le prétexte oiseux qu'ils s'en vont chercher quelques médicaments afin, prétendent-ils avec aplomb, de soulager leurs camarades qui toussent beaucoup et ont le teint triste car, soutiennent-ils avec morgue, car visiblement

intoxiqués par les émanations nocives résultant de la combustion des pneus dont ils firent un usage inconsidéré durant la nuit qui vient de passer pour se réchauffer.
Disent-ils.
Mais les officiels ne sont pas dupes de ce pâle subterfuge.
Aussi tentent-ils, souvent en vain, de les retenir.
Les représentants de la presse internationale en profitent pour s'éclipser sans dire au revoir à quiconque.

Le service d'ordre, quant à lui, immobile, reste impressionnant.

SI
ON SAIT
PAS
PRENDRE
UN AVION
ON FAIT PAS
LE ROI

(Libelle signé du Front républicain radical.)

LE ROI ARRIVE

(de notre envoyé permanent au Bourget)

Le Roi a enfin réussi, nous assure-t-on de source bien informée, à prendre l'avion. Un avion. Mais pas le bon.

Nous attendons d'une minute à l'autre de plus amples renseignements.

Pour l'heure, cela se confirme. La gomme des pneus en se consumant dégage des vapeurs intoxicantes, en plus de sentir très mauvais.

Aussi la fanfare, enfin ce qu'il reste de ceux qui, parmi les musiciens, sont restés, compte ses morts. Au dernier pointage ne demeurent valides qu'un trombone et la grosse caisse.

Mais je m'avance un peu.

Aurais-je parlé trop vite ?

Car le trombone vacille.

Vacille et chancelle.

Il choit, s'est effondré.

Tente de se relever.

N'y parvient pas.

On me fait signe qu'il ne se relèvera plus.

Désormais, sauf erreur ou omission de ma part, la fanfare se résume et tient tout entière dans la grosse caisse.

Autant pour moi.

Il n'y a plus de grosse caisse.

Enfin si, il y a toujours une grosse caisse, l'ustensile, là, par terre.

En revanche, celui qui se trouvait derrière, son propriétaire,

vient de nous faire défection en abandonnant son instrument sur place pour courir plus vite.
Je le sais parce que je le vois qui s'enfuit là-bas.
Maintenant je ne le vois plus.
Il est trop loin.
Il me faudrait des jumelles.
Ou une longue-vue.
Mais je n'en ai pas.

Il n'y a plus de fanfare.

Ce fut un rude coup qu'accusa, là, le chef du protocole déjà passablement éprouvé. Il présenta sur-le-champ sa démission, qui est rejetée. Au contraire, après délibération à l'unanimité moins une voix, la sienne, il est limogé pour incompétence. Devant ce qu'il considère comme un déni de justice relevant de l'arbitraire le plus scandaleux, l'ex-chef du protocole dit que, puisque c'était comme ça, on ne lui laissait d'autre alternative que de se suicider et que son sang allait rejaillir, pour laver son honneur, sur ceux qui s'étaient détournés de lui pour salir sa réputation.
Affolés par cette menace, d'autant plus terrible qu'elle est assenée par un homme déterminé d'une voix ferme et un pistolet d'ordonnance à la main, que tous, sans même se concerter, prirent la mesure qui s'impose d'elle-même et reculent d'un bon mètre.
D'un bon mètre et demi.
Sauf moi qui me suis caché derrière un bidon de quelque chose.
Mais au lieu de retourner l'arme qu'il tenait en main contre lui en un geste fatal, l'ex-chef du protocole, en totale contradiction avec ce qu'il avait exposé précédemment, entreprend de faire un carton sur tout ce qui bouge.

LE ROI
ON TE
L'ENCULE
PROFOND
SANS
S'AIDER
DES
POUCES

(Affichettes ronéotypées deux couleurs, rouge et noir, placardées nuitamment sur les murs des villes de petites et moyenne importance et signée du Mouvement antimonarchiste républicain.)

« DU BOURGET OÙ JE SUIS »

(journal intime d'un envoyé spécial permanent)

Mon cher journal,

Si je prends la plume aujourd'hui, c'est parce qu'il n'y a que toi qui peux me comprendre et à qui je peux me confier et tout dire quand j'écris.
Ça va pas fort.
La Direction de l'aérodrome nous a tous expulsés, après avoir fait abattre par ses employés l'ex-chef du protocole pendant qu'il rechargeait son arme en ricanant bêtement.
À coups de pelle qu'ils l'ont eu.
D'où j'étais, derrière mon bidon, j'ai tout vu.
Sans mollir, pas en touristes, ils te l'ont calmé.
Efficace.
Mais pas beau à voir ni à entendre.
J'ai tout vomi sur moi.
Ensuite, comme ils avaient des pelles, ils en ont profité pour enterrer tous ceux qui étaient morts et enterrables. Ils ont fait ça quelque part du côté d'un bout de piste d'atterrissage, là où ça ressemble à une décharge. Ils ont traîné les corps par les pieds jusque là-bas en riant.
J'ai tout revomi, mais par terre, parce que sur moi il n'y avait plus de place.
Après ils nous ont expulsés. Au motif qu'on ramènerait de la pagaille dans le service aéroportuaire, ce qui n'est pas tout à fait vrai, et qu'on est très sales, ce qui n'est pas totalement faux.

Le service d'ordre impressionnant a été démonté. J'ai pu ainsi constater qu'il n'était composé que de mannequins. De ceux qu'on voit dans les vitrines.
Je m'explique mieux maintenant leur immobilité impavide.

Pour l'heure, nous campons sur un terrain vague qui jouxte l'aérodrome, un ancien champ d'épandage, ai-je cru comprendre. À l'odeur je dirais que c'est vrai.
Quand je dis «nous» campons, «nous», c'est pas énorme comme monde. Une poignée d'officiels pas morts et désabusés, faciles à compter si on sait aller jusqu'à six (6). Moi. Mon bidon de quelque chose. Et une poignée d'échotiers pigeant dans des publications confidentielles.
Et c'est tout, je crois.
La presse nationale nous a abandonnés, suivie de près, comme toujours, par la régionale.

Pour survivre, certains d'entre nous en sont réduits à des expédients abominables. On parle de prostitution. D'autres louent leurs bras et rentabilisent leur sueur en faisant le bagagiste, à l'occasion, ou le magasinier, des fois. Il y en a même qui font les deux. Ce sont de loin les plus riches du campement.
Sinon, j'ai réussi à avoir des nouvelles du Roi par quelqu'un que je connais qui est à l'entretien.
Après l'escale calamiteuse de Wellington (Australie) où le Roi s'était perdu dans les couloirs après s'être fait dérober ses bagages, après s'être fait voler son argent, après s'être fait dépouiller de ses papiers, le Roi aurait pris un avion de retour, mais pas pour ici.
Enfin, le Roi fait bon voyage, m'a assuré mon contact, et il est en bonne santé.

J'allais oublier.

Le journal qui m'employait m'a informé qu'il se passerait dorénavant de mes services, compte tenu du peu d'intérêt suscité par mes reportages, et qu'en conséquence de quoi j'étais en droit de me considérer comme ne faisant plus partie du personnel.
Alors j'écris ce journal intime.
En attendant.
Ça m'occupe.

NON ! MESSIEURS
CE N'EST PAS UN CRIME.

Nous, hommes libres attachés aux valeurs suprêmes de la République, revendiquons, avec fierté, haut et fort, l'exécution du traître immonde à la solde de l'usurpateur monarchiste.
Par cet acte courageux, en frappant sans faiblir ce valet du despotisme, un vaillant patriote à la volonté farouche, indéfectible, adresse un message en forme de mise en garde écrit en lettres de sang aux spoliateurs complices des prévaricateurs aux ordres des ploutocrates et à leurs affidés.
La peur change de camp car le vent de l'Histoire tourne et le Peuple insoumis relève la tête en brisant ses chaînes pour secouer le joug de la clique aristocratique qui l'avait asservi par de fausses promesses.
Ceci n'est qu'un début.
D'autres suivront.
Nous serons inflexibles.
La Liberté est à ce prix.
Et quand on aime on ne compte pas.

VIVE LA FRANCE
VIVE LA RÉPUBLIQUE
MORT LE ROI

(Tract largement diffusé un peu partout dans Paris intra-muros et signé d'un groupe dissident du Front républicain antimonarchiste.)

DU BOURGET
OÙ J'AI ATTRAPÉ FROID
(Journal intime)

Cher journal, mon ami, mon confident. Que te dire que tu ne saches déjà ?
J'ai froid.
J'ai faim.
Je suis malade.
Je m'emmerde.
Ferme.
Je suis tout seul.

Hier soir une altercation a opposé les membres du campement, auxquels se sont joints depuis peu une bande de romanichels vivant de gitaneries et les agents de sécurité de l'aéroport du Bourget. Sur ces entrefaites, la police est intervenue brutalement et a embarqué tout le monde.

Et puis ils sont partis, tous.
Dans la nuit.
Dans de grands fourgons qu'ils avaient apportés avec eux.
Moi, ils ne m'ont pas pris, parce qu'ils ne m'ont pas trouvé derrière le bidon de quelque chose qui me sert de cachette depuis le début et d'où je bouge pas.
De temps en temps, de moins en moins souvent, surtout après l'arrivée des romanichels qui ont une assez mauvaise réputation pas tout à fait injustifiée bien qu'à mon avis très exagérée, vient me rendre visite mon contact qui est au service de

l'entretien à l'aéroport. Il est le seul à connaître ma cachette, et grâce à lui j'obtiens des informations sur l'avancée de l'arrivée imminente du Roi qui, d'après un rapport confidentiel, qu'il, mon contact, a tenu de ses mains et lu de ses yeux vu, rapport rédigé et contresigné par le commissaire de bord d'un cargo chypriote battant pavillon moldave, serait monté par inadvertance sur un chalutier hongrois reconverti dans la contrebande d'huîtres marinières faisant route pour le Chili sans escale avant d'être détourné pour cause d'avarie grave, suite à l'éperonnage accidentel avec une baleine à bosse, vers le port le plus proche, soit en l'espèce là d'où il était parti : RIO DE JANEIRO (Brésil, je crois).
On en est là.
Lui, le Roi, à Rio.
Et moi, ici.
Ici où j'ai froid, les doigts gourds, presque plus de papier. Où j'ai faim, suis malade, la dysenterie, presque plus de papier.

Et maintenant il fait nuit.
Et maintenant il pleut.

COMMUNIQUÉ RADIOPHONIQUE
DE L'UNION DES RÉPUBLICAINS PATRIOTES
RÉSISTANTS EN DISSIDENCE
DU FRONT RÉPUBLICAIN DE LA RÉSISTANCE

À la population :

L'action d'éclat menée récemment par l'un de nos camarades combattant ne semble pas avoir suscité auprès des masses laborieuses l'écho favorable que nous étions en droit d'espérer.

Il serait vain de tenter d'en chercher les causes, tant celles-ci sont évidentes.

Outre la propagande venimeuse distillée par la presse putrique, relayant scandaleusement les contrevérités du pouvoir moribond, nous ne pouvons pas, objectivement, exclure le détail que l'homme abattu n'était pas l'homme à abattre, le membre influent du parti du Roi, instigateur de la Restauration et antirépublicain viscéral primaire, mais selon toute vraisemblance un passant anonyme qui promenait son chien.

Notre seule excuse est que la confusion était inévitable, pour ne pas dire prévisible, et, qui sait, voulue.

Qu'on en juge.

L'homme tombé sous nos coups et celui qui aurait dû l'être NE SE RESSEMBLAIENT EN RIEN.

Pas la même taille !
Pas la même corpulence !
Pas le même âge !
Pas la même démarche !
Pas le même chien !

Troublant, n'est-ce pas ?
Notre cible se savait traquée. Il ne pouvait sortir de chez lui que dissimulé, grimé. Et quel meilleur déguisement, pour tenter de tromper la vigilance des justiciers chargés de le châtier, que de prendre l'apparence, trait pour trait, de quelqu'un que vous ne connaissez pas, qui ne vous connaît pas et, surtout, qui ne vous ressemble ABSOLUMENT PAS.
La ruse est assez vicieuse, mais bien dans le style du personnage.

C'est le raisonnement logique que tint notre dévoué camarade, avec la clairvoyance que nous lui reconnaissons tous. Comment aurait-il pu se douter qu'il avait affaire à un leurre qui agissait à son insu ?

Nous présentons solidairement nos excuses à la famille et aux proches de ce malheureux.
Qu'ils sachent que nous tirerons une salve d'honneur lors de ses obsèques. Dans un lieu tenu secret pour des raisons de sécurité.
Mais son sacrifice ne sera pas vain !

Nous jurons de venger son martyre.

Car ne nous laissons pas abuser. Le seul et unique responsable de cette mort innocente, celui qui porte sur ses griffes le sang versé, le criminel qui doit payer et qui paiera, nous le connaissons tous avec sa face hideuse.

C'est l'État inique que nous combattons.

Il croit aujourd'hui avoir gagné une bataille quand ce n'était qu'une escarmouche qui préfigure notre Victoire et sa Défaite.

Demain le jour se lèvera en chantant sous le soleil.

Et pour un de frappé.
Un de frappé !

Vive la France !
Vive les Français !
Vive la République !
Vive les républicains !

Mort au Roi
et au royalisme !

[Enregistrement sur microsillon de la *Marseillaise*.]

(Message radio diffusé par un émetteur clandestin.)

JOURNAL INTIME
DU CÔTÉ DU BOURGET

Cher journal intime,
Je me les caille derrière mon bidon.

L'ÉCHO DOMINICAL

du dimanche 18 octobre

CARNET DU JOUR

Madame Cécile MONTCHARLARD, née DROUMEUR, et son chien BIJOU ont la douleur et le regret de vous faire part du décès de Monsieur Louis-Marie MONTCHALARD. Enlevé trop tôt à l'affection des siens et de son chien.

Les obsèques ont été célébrées dans la plus stricte intimité, suivant la volonté expresse du défunt.

LE RÉVEIL DE LA NATION

du lundi 19 octobre

UN FAIT DIVERS TRAGIQUE ET MYSTÉRIEUX

Les corps sans vie de quinze individus, lourdement armés, ont été retrouvés ensevelis sous les décombres de la voûte d'une des caves privatives du 4, rue de BOBILLAUX, un immeuble sans histoire du 17e arrondissement de Paris.

Selon les premiers éléments de l'enquête, il s'avérerait que les victimes de ce drame s'étaient réunies dans la cave fatale où, pour une raison encore indéterminée, elles ouvrirent le feux en direction du plafond vétuste (et, de l'avis général, fort mal entretenu), qui ne résista pas longtemps aux impacts de projectiles de fort calibres auxquels il fut soumis et qui s'effondra, écrasant brutalement les occupants de la cave dont il est question. Avec les conséquences funestes que l'on sait.
Qui étaient ces gens ? Pourquoi s'étaient-ils donnés rendez-vous à cette heure précise dans ce local exigu ? Dans quel but ? On se perd en conjectures.

À l'heure actuelle, la police, qui n'exclut aucune hypothèse, privilégie la piste du suicide collectif.

Quant au concierge de l'immeuble, le dénommé ICTHRAWCKZ, à qui l'on doit la macabre découverte, il a été relâché dans la soirée, aucune charge n'ayant pu être retenue contre lui. »

NOUS VENGERONS NOS CAMARADES TOMBÉS AU CHAMP D'HONNEUR DE LA CAVE

(Graffiti retrouvé sur le chambranle de la porte d'entrée du n°4 de la rue BOBILLAUX, Paris *XVII*e.)

L'ŒUVRE POPULAIRE

JOURNAL DU SOIR

du mardi 20 octobre

RUBRIQUE DES PETITES ANNONCES

«Vends caniche nain noir et blanc, mâle, pedigree, répondant au nom de BIJOU, prix intéressant à débattre.»

LE FLAMBEAU

du mercredi 21 octobre

(EXTRAIT DE LA RUBRIQUE DES FAITS DIVERS)

« Le cadavre de l'homme retrouvé sauvagement poignardé dans la rue BOBILLAUX (XVIIe arrondissement de la Capitale) a été enfin identifié, grâce à son permis poids lourd.
Il s'agirait d'un certain ERNESTO ITCHRAWCKZ. Concierge de son état au moment des faits et bien connu des services de police.
Le Parquet se refuse à tout commentaire qui pourrait compromettre le bon déroulement de l'enquête. Toutefois la thèse la plus sérieuse semble être celle du suicide collectif.
En ce moment même, les forces de l'ordre secondées d'une brigade cynophile recherchent activement d'autres dépouilles dans un périmètre allant s'élargissant.
Gageons que cela ne sera pas en vain.

ON
T'A EU
GROS
CON

(Graffiti à la peinture rouge retrouvé non loin de là.)

« Trouvé, affamé,
petit chien caniche noir et blanc, sans collier. »

(Affichette punaisée chez une boulangère charitable.)

« Trouvé, affamé, petit chien caniche noir et blanc, sans collier, s'adresser à la boulangère. »

(Affichette punaisée sur un arbre.)

« Trouvé, cadavre de chien caniche noir et sale,
prière de ne pas jeter vos ordures dans la cour
et d'utiliser les poubelles prévues à cet effet. »

La concierge.

(Affichette punaisée dans le hall.)

JOURNAL INTIME

(18 janvier)

Cher journal,

Voilà bien longtemps, trop longtemps peut-être. Mais j'ai été bien malade, comme tu le sais.
Passons à l'important.
La grande nouvelle.
Il faut que je te dise.
JE L'AI ENFIN RENCONTRÉ.
Je l'ai vu, le Roi, et je lui ai même parlé.

C'était hier, gare Saint-Lazare. Le matin. À l'heure de pointe. Je me tenais bien droit, posté en bout du bout du quai, aux arrivées des trains de banlieue. Me haussant, de temps en temps, sur la pointe des pieds, des fois qu'il m'échapperait, le Roi. Perdu qu'il serait sans doute au milieu de, pris dans, ballotté par tous ces gens qui s'avancent en masse continue pour aller vers où ils doivent.

J'attendais le Roi, une large pancarte en main sur laquelle j'avais écrit distinctement en lettres majuscules : « LE ROI ». Pancarte que je n'hésitais pas à agiter au-dessus de moi chaque fois que je le jugeais nécessaire.
Presque tout le temps.

Ce qui me valut quelques quiproquos assez cocasses. Des messieurs LEROI m'accostèrent, plusieurs, et même un LEROY, et même une dame. Je les détrompai le plus rapidement que je pus en les giflant violemment.
Avec ma pancarte.
J'attendais le Roi.

Soudain!
Là!
Lui!
Qui descend d'un compartiment d'un wagon d'un train. L'air absent, comme peu concerné par ce quai de gare et ce qui s'y trouve et qui bouge autour de lui. De lui, le Roi.
Je le hèle.
Il ne me voit pas.
Distrait.
J'agite frénétiquement ma pancarte dans l'indifférence suspicieuse des passants et de la sienne. Il regarde ailleurs.
Enfin il me remarque.
J'ai tout fait pour.
Il fait mine de se diriger vers moi.
Je vais à sa rencontre, on aura plus vite fait, je fends, bouscule un peu, me donne la place avec les coudes. J'ai dû, pas exprès, écraser un pied. Ou même deux?
Nous voici réunis. Lui étonné, moi content. Je l'embrasse sur les deux joues. Il ne comprend pas. Ne me comprend pas. Comprend rien.
Ne sait pas, ne sait rien.
C'est évident.
N'a pas lu la presse.
Il confirme.
Il faut que je lui raconte, lui dise, lui explique, qu'il sache pour qu'il comprenne. Par où commencer? Par le début, je me dis, à lui aussi je lui dis, commençons par le début.

Donc: la République s'effondre et la Monarchie est restaurée, l'espoir renaît au cœur des foyers qui aspirent légitimement à la tranquillité paisible dans un minimum de confort domestique. L'ordre est rétabli, le bourgeois est rassuré et le populaire retrouve le chemin de l'usine. Les nouvelles institutions se mettent en place et à l'ouvrage en attendant le Roi qui ne saurait tarder, l'heure du redressement national a sonné le glas du culte de l'oisiveté et du laisser-aller érigé en système démobilisateur par une vision étroite d'un État providence archaïque et incapable de se moderniser, vision qui a entretenu le pays dans une mentalité d'assistés irresponsables quand il fallait lui rendre le goût de l'effort et l'esprit d'entreprendre.
La France allait enfin aller de l'avant dans le bon sens, celui qui indique la direction du travail bien fait et du respect des traditions séculaires.
Et puis ça a dérapé aussi vite que ça avait bien commencé.

Ils étaient comtes, ducs, barons, marquis et mécontents.
Leurs Maisons, leurs Familles, leurs Noms n'avaient pas reçu ce qu'ils étaient naturellement en droit, non pas d'espérer, ni d'obtenir, mais d'exiger.
Parce que quand on descend en ligne directe des Croisades qu'est pas la porte à côté, se voir offrir une sous-préfecture, pour les Croisades, c'est petit, je dis, c'est peu.
C'est chiche.
C'est rien.
Ou une insulte.
On insulte l'utérus de l'aïeule qu'a reçu la semence d'un viril qui, quand même, quand on y songe, quand même, s'en est allé faire le pied de grue en Jérusalem sous le soleil déguisé en chaudière coiffée d'une casserole, pour la plus grande gloire de la chrétienté.
Ce qui fait que tout ça, minimum, ça vaut, minimum, un ministère. Rien que pour le déplacement à Jérusalem, soit une

méchante trotte à l'aller et presque pareil au retour, si on veut être juste dans l'équité, minimum sans pousser l'avantage, c'est un ministère, celui des Finances ça irait parfaitement, j'y connais déjà des gens qui sont de mon monde et c'est pas trop loin de chez moi.
Mais le ministère des Finances a déjà été attribué comme tous les autres. Quatre ou cinq fois.
On s'en cogne, je suis le pur produit de couilles de Croisé.
Les autres aussi.
Menteries, mon cul.

Roturier, bâtard devinrent des insultes très à la mode. Trou du cul également.
On s'accusa mutuellement d'origines douteuses, se jetant à la face et en public, qui une mésalliance probable, qui une parentèle controversée, qui un poing dans ta gueule de fin de race consanguine.
La querelle s'envenima hors de toutes proportions entre contents et pas contents, puis entre pas contents et pas contents du tout, enfin, entre pas contents du tout et très en colère, pour s'achever par chacun pour soi et seul contre tous à la barre des tribunaux dans des procès à rallonge qui coûtent de l'argent.
Perte de temps, pire, plus triste, plus grave, perte irrémédiable de prestige auprès d'une population lasse de ces chafouins qui se taquinent la gueule à grands coups d'arbres généalogiques en faisant peu de cas des affaires publiques.

Pendant que la noblesse s'épuisait en jalousies, la vie au quotidien du reste, des autres, n'allait pas mieux. Et même que ça se dégradait passablement.
Sans concertation préalable, toutes les rues avaient été précipitamment débaptisées. Pas seulement les rues. Cette mesure dont la portée hautement symbolique n'aura échappé qu'aux

distraits, cette mesure, donc, s'étendit pareillement à tout ce que le pays redevenu royaume comptait de voies carrossables débaptisables.
Les lieux publics tels que les places, les parcs, les squares et les jardins, subirent pareil sort, de même que certains monuments historiques.
Du jour au surlendemain, tout le monde changea d'adresse sans prendre la peine de déménager. L'on ne sut plus où habitait son voisin ni comment aller où.
Les embouteillages dans les grandes villes dépassèrent tout ce que l'on avait pu tenter d'imaginer jusqu'alors.
Débordée par son sujet, l'une des rares institutions à avoir subsisté, l'Académie française, chercha et cherche encore aujourd'hui un mot qui ne fut pas une grossièreté pour désigner la chose.
Concomitamment, la distribution du courrier n'eut plus à souffrir de retard. Il n'y eut plus de courrier du tout. Ou alors si peu, par hasard, une lettre égarée, qui ne vous était généralement pas destinée.
Les cours par correspondance firent faillite. Les marchands de cartes postales déposèrent leur bilan. Des philatélistes inconsolables songèrent sérieusement au suicide avant de se reconvertir dans la marche à pied.
Des monceaux de cartes de visite obsolètes jonchaient la chaussée, rendant les trottoirs glissants.
Il y eut des accidents.
Des philatélistes.
Pas seulement.
Des vieux surtout.
De vieux philatélistes.
Aussi.

Le système métrique fut aboli au profit du pied Bourbon, soit à peu près 0,43 centimètres.

Sachant qu'un pied équivaut à seize pouces et un tiers de moitié de pouce et qu'il y a cinq pieds trois quarts dans une coudée, calculez, si vous le pouvez, la distance à parcourir pour relier Paris à cette bonne ville de Bordeaux en faisant au plus simple.
Vous ne pouvez pas.
Je vous crois.
Moi non plus je peux pas.
Personne ne peut.

Et peser...
Peser!

Les hommes, les bêtes, les choses et tout ce qui d'ordinaire accepte d'être pesé le fut désormais en onces.
On, je, tu, il, on pesa tout ce qui était pesable à l'once. Et il fallait pas moins de quatorze onces et un tiers de demie de quart d'once pour faire une livre.
Encore fallait-il s'entendre sur la livre.
Car il se forma une différence notable entre la livre poitevine qui est plus légère que la livre lyonnaise et la livre phocéenne qui est assez éloignée de la livre angevine qui n'a rien à voir avec la livre charolaise que je ne cite ici que pour mémoire ou éventuellement faire rire à ses dépens.

Parce qu'il faut que je vous dise ça aussi.

La comédie illusoire du pouvoir centralisateur ethnogénocidaire jacobin ayant volé en éclats, chaque région reprit sa liberté sous la férule des notables locaux et redevint une Province avec un P majuscule et sa monnaie qui ne valait rien, sa langue inutile et sa culture spécifique dramatiquement folklorique.
Là-dessus, je te pose au bout d'un clocher un drapeau chatoyant qui claque au vent, quand il y en a, pendant qu'une brassée de marmots encostumés pittoresques braillent faux un hymne

martial au son du galoubet, des fifres et des grelots, et vous avez fait le tour complet de la situation avec une vue d'ensemble en touchant du doigt le fond du problème.

Je reprends mon souffle.
Le Roi semble vouloir dire quelque chose. Il ne sait peut-être pas quoi?
Alors il se tait.
Alors je reprends.
La parole où je l'ai laissée.
Alors il m'écoute.

Je repris.
Déjà qu'un royaume sans roi, sauf votre respect, c'est limite, limite risible, sauf votre respect.
Mais la fine fleur de lys de l'aristocratie d'ici qui se chamaille en broutilles, épuisant le pays avec de ces mesquineries revanchardes, sans souci des conséquences désastreuses, et l'affaire est réglée, le tableau achevé. Sauf votre respect, du respect il n'y en avait plus.

Tout le monde, et c'est beaucoup de monde tout le monde, s'est moqué de nous en nous montrant du doigt en riant très fort.

On s'est fait traiter de cons.
Et pis.
En plusieurs langues.
Ce qui est très désobligeant.

On a connu des révolutions sanglantes qui se sont faites pour moins que ça, et des émeutes pour si peu.

Le Roi toussote poliment.

Je crois comprendre qu'il lui serait agréable que j'abrège mon exposé avant qu'il ne s'impatiente. J'obtempère d'autant plus docilement que, moi-même, je commence à trouver le temps long et que nous sommes en plein courant d'air.
Et que je n'ai pas que ça à faire.
Et que j'ai presque fini.

Rapidement, je lui décris Le Bourget, les attentats des résistants terroristes républicains et le désarroi de mes contemporains.

Le Roi se racle la gorge, cette fois, et laisse percer une pointe d'agacement.
Je conclus.
Je conclus.

Un beau matin, le soir, pendant que vous étiez quelque part entre ici et là-bas sans qu'on sache trop bien où précisément.
La Royauté a été renversée.
La République proclamée.
Les sujets de Votre Majesté sont redevenus des citoyens et vous n'êtes plus Roi.

Le Roi encaisse sans dire un mot.
Et lâche un pet sonore.
Les nerfs sans doute.
Je fais celui qui n'a rien entendu.
Mais que ça pue !
Problèmes gastriques.
Les nerfs sans doute.

Une larme coule le long de la joue pâle du pauvre souverain qui n'aura jamais régné.
Et qui lâche un pet sonore.
Je fais celui qui ne sent plus rien.

Il me dit que maintenant il croit savoir pourquoi à chacune de ses escales improvisées il y avait de moins en moins jusqu'à plus du tout de comité d'accueil avec fanfare, discours et présentation d'armes au drapeau au garde-à-vous.
Je lui dis que oui, effectivement, c'est possible.

Il me demande en reniflant entre deux pets si la transition s'est faite pacifiquement.
Je le rassure. La prise du pouvoir s'est faite d'autant plus pacifiquement qu'il n'y avait personne pour le défendre. La noblesse s'en était retournée mondaniser en emportant la vaisselle et la caisse. Les plus compromis et/ou les plus impopulaires s'étaient enfuis à l'étranger en emportant la vaisselle et la caisse.

Sinon, nous sommes revenus au système métrique.

Le Roi pleure à gros bouillons, les épaules secouées par des hoquets déchirants.

Ce qui ne l'empêche nullement d'enfiler perles sur gaz, vesses sur flatulences.

Je fais celui qui respire par la bouche.

Alors, soudain, le Roi me prend dans ses bras et m'étreint, en s'épongeant par inadvertance la morve de son nez dans le col de ma chemise, et il me dit tout en sanglots qu'il ne sait pas comment dire ce qu'il voudrait me dire, tellement il est touché, ému, par cette marque de fidélité indéfectible à sa personne que je lui témoigne en étant là, sur ce quai, ici, quand tant d'autres lui ont tourné le dos pour l'abandonner.
Je me dégage un peu rudement et je me vois obligé de lui faire de la peine en l'informant que si je suis, effectivement, là, sur ce quai-ci, c'est que j'y travaille comme manutentionnaire, et

que je n'ai appris sa présence dans ce train-là, à cette heure-ci, que fortuitement par un collègue qui me l'a répété pour l'avoir entendu dire d'un chef de gare averti par un cheminot qui prétendait le savoir d'un guichetier.
Quelque chose de cet ordre.
Ou l'inverse.
Ou le contraire.
Ou je ne sais plus.
Enfin cela n'a pas beaucoup d'importance.
Je crois.

Son dos. Je n'oublierai jamais son dos.
C'est la dernière chose que je vis de lui, avant qu'il ne se dilue définitivement dans la foule des gens qui s'activent. Un dos d'accablé, qu'il en oublie d'avoir des épaules et se concentre sur ce qu'il reste à tasser pour disparaître. Le dos de celui, de ceux qui ne partent pas, mais qui vous quittent.
Le dos d'un homme brisé par un destin cruel et le coup de boule que je lui ai octroyé quand il a voulu m'étrangler.

Là-dessus, je vais pointer.

INTERLUDE

47.

Dans son immense bureau façon Restauration du ministère de l'Intérieur se tient désormais le nouveau ministre de l'Intérieur qui assume pleinement sa ressemblance troublante avec l'ancien ministre de l'Intérieur, celui d'avant l'intermède royaliste.
S'en cache pas.

Pourquoi s'en cacherait-il?
La revendiquerait presque.
La revendique d'autant mieux qu'ils ne font pour ainsi dire qu'un, puisque c'est la même personne.
Là, tel que, il est assis dans son fauteuil qui pourrait être confortable et il regarde devant lui.
Devant lui, il y a un téléphone qui l'indiffère, une lampe éteinte, un buvard neuf et vert bronze, un stylo à plume à lui, de prix, de marque, et un dossier.
Un dossier épais.
Le dossier épais a une couverture jaune.
Quelconque, ce jaune.

C'est ce dossier qu'il regarde, qui attire et retient toute son attention.

Sur ce dossier, sur la couverture jaune de ce dossier, il est écrit quelque chose.
D'abord : « URGENT ».
Ensuite, en dessous, en travers : « AFFAIRE DU 79, RUE DES CAILLOUX-QUI-MOUSSENT ».
Et c'est tout.

Et pour le ministre, c'est déjà trop.

Il se dit, il pense, il songe qu'il devrait, qu'il faut, qu'il doit agir.

Il se saisit du dossier avec ses deux mains.
Et entreprend de le manger.
Sans y parvenir.
Et meurt étouffé.

48.

(Chapitre plein de bruits, de fureur et de coups de pioche)

« ... Il faut enterrer cette affaire... Au plus vite... Vous me comprenez... Je compte sur vous. »

— Vous pouvez compter sur moi, Monsieur le Ministre », répond le substitut du procureur Étienne Charlus en raccrochant le combiné téléphonique. Charlus (marié, deux enfants, catholique pratiquant) reste un long moment assis sans se relever de son fauteuil. Il est dans sa maison du Vésinet. Nous sommes un dimanche de septembre, en fin de journée. Il est dans la pièce qu'il a aménagée en bureau. Devant lui un dossier, épais, défraîchi, à couverture jaune. Sur la couverture, une étiquette, passée, on peut encore y lire « AFFAIRE DU 79, RUE DES CAILLOUX-QUI-MOUSSENT ». Il s'en saisit et quitte le bureau, traverse un couloir, passe la porte d'entrée qu'il referme derrière lui et se dirige vers la remise au fond du jardin, d'où il ressort muni d'une pelle et d'une pioche.

Et sous un arbre, il entreprend de creuser un trou assez profond pour y enterrer l'Affaire du 79, rue des Cailloux-qui-Moussent.

Il dessert sa cravate.

Au troisième coup de pioche, un os se dégage de la terre retournée. Le substitut Charlus vient de déterrer les restes de son vieux chien Baltique. Une émotion douloureuse le submerge au souvenir de ce tendre compagnon et de sa pénible fin. Avec précaution il rebouche le trou, tasse la terre du mieux qu'il peut et s'en va, un peu plus loin, recommencer sa besogne.

Il ôte son veston.
Au cinquième coup de pioche, un os se dégage de la terre retournée. Le substitut Charlus vient de déterrer les restes de sa femme infidèle. Penaud, il rebouche rapidement le trou, tasse la terre à grands coups de pelle et s'en va, un peu plus loin, recommencer sa besogne.

Il retrousse ses manches.
Au sixième coup de pioche, un os se dégage de la terre retournée. Charlus vient de déterrer les restes de l'amant de sa femme. En ricanant il rebouche le tout, tasse du talon et s'en va, un peu plus loin, recommencer sa besogne.

Torse nu.
Au huitième coup de pioche, une carrosserie se dégage de la terre retournée. Charlus vient d'exhumer la voiture dans laquelle il a surpris sa femme et son amant. Il rebouche, tasse à la va-vite comme je te pousse, et s'en va un peu plus loin.

En sueur.
Au dixième coup de pioche, un dentier émerge. C'est sans aucun doute possible celui de sa vieille mère qui l'avait surpris surprenant sa femme et son amant dans la voiture. Rebouchage et tassage exécutés, il pousse plus loin.

Dans la fraîcheur du soir.
Au seizième coup de pioche, il tombe sur la dépouille d'un voisin

irascible et mauvais coucheur qu'il soupçonnait à tort d'être son maître-chanteur. Deux pelletées de terre là-dessus et allons voir ailleurs.

Sous les étoiles.
Au dix-neuvième coup de pioche, il retrouve son maître-chanteur. Une pelletée, un coup de pelle bien à plat par-dessus, on n'en parle plus, et est-ce que là-bas ce serait pas mieux, des fois?

Bouffé par les moustiques.
Au vingt-cinquième coup de pioche, il perce une canalisation d'eau et manque de se noyer.

C'est ainsi qu'il se retrouve, avec sa pelle et sa pioche, son dossier à couverture jaune sous le bras, sur la pelouse négligée dans le jardin à l'abandon de son voisin irascible et mort.
Au premier coup de pioche, il embroche une taupe.
Au deuxième coup, il se fait un tour de reins.
Au troisième, une ampoule aux mains.
Au quatrième, une autre ampoule.
Au cinquième, la première ampoule crève et ça fait un mal de chien.
Au sixième, il éternue.
Au septième, il pense se moucher.
Au huitième, il se souvient que son mouchoir est resté dans son veston.
Au neuvième, il songe à se moucher avec les doigts.
Au dixième, il renifle bruyamment.
Au onzième, il avale.
Au douzième, dégage une brouette hors d'usage.
Au treizième, l'envie l'effleure de démissionner.
Au quatorzième, il pleure.
Au quinzième, il se ressaisit.
Au seizième, il lâche un pet tonitruant.

Au dix-septième, ça le fait rire bêtement.
Au dix-huitième, il sectionne une ligne électrique à haute tension...

LIVRE TROISIÈME

49.

Ils se retrouvaient là.

Toujours par hasard.
Jamais sans raison.
Ils passaient dans le quartier.
Ils avaient des courses à faire.
Des amis à voir.
C'était sur leur chemin.

Ils se retrouvaient là, de temps en temps, de loin en loin, autour de ce banc de bois sur le trottoir en face du 79.

La plus assidue de tous était, sans doute, Hélène. Enfin, on l'y voyait souvent. Pour ainsi dire tous les jours. Elle arrivait le matin, tôt, s'asseyait sur le banc, qu'elle ne quittait que pour aller déjeuner d'un rien dans un petit café où elle s'était fait très vite des habitudes. Il n'était pas rare qu'elle revienne le soir. Les passants se méprenant sur son compte lui donnaient la pièce et du « Monsieur ». Elle, elle ne disait rien, étouffait la pièce et rendait le salut vaguement. Elle fixait avec un certain détachement, de l'autre côté de la rue, l'ancien hôtel des Tréfond-Trévise.

Il est à vendre.
Depuis le début de tout ce que vous savez.
N'a jamais trouvé d'acquéreur.
Les fenêtres ont été condamnées.
Les portes aussi.
Une cheminée, l'hiver dernier, s'est effondrée sur le toit en emportant quelques tuiles.
La façade a viré piteuse.
La grille de l'entrée s'est prise de passion pour la rouille.
Et la rue a changé de nom pour prendre celui d'un général de brigade prématurément arraché à l'affection des siens.

Régulièrement, Ernest Constant venait la rejoindre, en voisin, prétendait-il, sans trop y croire lui-même. Qu'avait-il fait, le valet de chambre chez Jean-Jacques de Trefond-Trévise, depuis sa sortie de prison ? Nul ne le savait. Il restait évasif sur le sujet. Ça ressemblait à quelque chose qui avait à voir avec la misère. La seule occupation qu'on lui connaissait consistait à éviter de croiser son ex-femme Lucille Crébillon quand celle-ci débarquait, prétextant une urgence qui exigeait sa présence dans la capitale.

Elle, l'ancienne cuisinière devenue patronne, arrivait toujours affolée. Soutenait qu'elle ne faisait que passer. Qu'elle ne pouvait pas rester. Qu'elle aurait bien voulu. Que ça aurait été un plaisir depuis tout ce temps. Mais que ça n'était vraiment pas possible. Elle avait des obligations ailleurs. Des engagements. Un train à prendre. Des impératifs. S'excusait d'être toute décoiffée. Se recoiffait. Demandait négligemment si des fois... Le Monsieur... Là-bas... Le Monsieur là-bas qui était ici... Tout à l'heure... Ça ne serait pas... Des fois... Par hasard... Ernest... Enfin, Ernest... Vous voyez qui je veux dire... Ernest, mon Ernest... Des fois... Par hasard... Ce serait pas lui ? Finissait de se recoiffer sans écouter la réponse quand on prenait la peine de lui répondre. Rappelait qu'elle ne faisait que passer. S'inquiétait un instant de la santé de chacun. S'attristait de l'état déplorable dans lequel « on » laissait ce qu'elle n'hésitait pas à appeler « leur » hôtel particulier. Qu'il aurait fallu faire quelque chose. Qu'elle ne savait pas quoi. Pensait sincèrement que c'était une honte, criminel, une si belle demeure. Que si elle avait eu l'argent pour. Assez d'argent pour. Mais elle n'avait pas assez d'argent pour. Se lamentait du coût de la vie et du prix des choses. Prenait des exemples qui donnent à réfléchir. Et puis finissait par s'en aller, enfin.

Simon se tenait un peu à l'écart et fumait trop. Lui avait ses jours et ses heures pour venir. À le voir, on pouvait régler sa montre et deviner le jour de la semaine sans calendrier. Il semblait arriver de nulle part et pas trop pressé d'y retourner. En matière vestimentaire il paraissait avoir définitivement adopté une politique bien arrêtée consistant à s'installer dans l'immuable. Indifférent aux saisons qui passent et au temps qu'il fait, il était habillé invariablement de la même façon, une façon qui n'était pas sans rappeler l'indigence. Hélène ne lui adressait jamais la parole, ce qui le soulageait du souci de devoir lui répondre.

Parfois, en général vers la fin de journée, l'ancien jardinier Jean Morbius et ses moignons venaient compléter le tableau. De brèves apparitions toujours très remarquées. Avec lui, vous cessiez de plaindre les sourds pour les envier sincèrement, tant il brassait le sonore, et à fort volume encore. D'évidence, il n'avait plus toute sa tête. La nature ayant horreur du vide, la gueule avait pris toute la place et occupait le terrain.
Que disait-il en braillant ?
Va savoir. C'était incompréhensible, ininterrompu, surabondant. Sans mollir, ça sortait en avalanche.
Et hargneux avec ça.

Immanquablement il se faisait ramasser par une patrouille de police qu'une concierge qui croyait bien faire s'était empressée

d'alerter.
Et puis un jour, il n'est pas revenu.
Plus du tout.
Alors ils surent qu'il était mort.
Ils n'en éprouvèrent aucun véritable chagrin, rien qu'un simple soulagement.
Et un regret aussi.
Celui de n'avoir jamais songé à essayer de savoir: comment?
Comment s'était- il retrouvé avec deux moignons?

50.

Un matin, un homme vint s'asseoir sur le banc.
Il portait un chapeau et un costume de saison.
Sans un mot, il prit place aux côtés d'Hélène sur le banc.
Hélène était seule, comme souvent à cette heure de la journée.
Les autres ne viendraient que plus tard, s'ils devaient venir.
L'homme fit en s'asseyant un très léger signe de la tête en sa direction. Un hochement imperceptible qui pouvait être pris pour une sorte de salut amical, une esquisse de politesse dont Hélène ne tint pas compte.
L'homme demeura ainsi jusqu'au soir, sans jamais avoir tenté d'engager la conversation ; ni avec Hélène, ni avec Simon, ni avec qui que ce soit. Se contentant de croiser et décroiser les jambes en fumant des cigarettes. N'abandonnant son bout de banc que pour faire un saut rapide au bar-tabac le plus proche.
Enfin le soir.
Il partit.
Comme il était venu.

Le lendemain matin, il revint.
Le surlendemain aussi.
Et les jours qui suivirent également.

À la fin, l'homme devint une sorte de fait acquis. Une récurrence incontournable. Un élément discret du décor, un détail sans objet qu'on ne distingue plus du reste, de l'ensemble et sur lequel il est désormais devenu inutile de s'interroger. Ils, je veux dire Hélène et les autres, auraient pu se demander qui il était, cet homme-là. Ils auraient dû lui demander. Il, je veux parler de l'homme, leur aurait répondu.
Il le leur aurait répondu, s'ils le lui avaient demandé.
Il aurait répondu.
Tout simplement : « Moi, c'est Marc Balmard. »

Il aurait même peut-être ajouté qu'il était détective privé.
Mais de ça, j'en suis moins sûr.

51.

Sur le banc qui est en bois, il y a, à un bout, Marc Balmard, et à l'autre bout, il y a Hélène. Simon, quant à lui, est adossé à un arbre. L'ambiance générale n'est pas à la confidence désinvolte. Plutôt à la retenue. Ils s'en tiennent aux formules d'usage qui annoncent le bonjour et te signalent l'au revoir, t'indiquent la pluie qui vient ou s'inquiètent du printemps qui tarde. Le reste, qui pourrait être du silence, étant comblé par des soupirs ou un raclement de gorge, voire par une flatulence morose. On devine pourtant qu'ils en auraient à se raconter, rien qu'à la façon dont ils se taisent.

Ils sont donc là.

Devant eux, en face, de l'autre côté de la rue, des ouvriers s'affairent. Ils installent à grand fracas un panneau sur la façade de l'ancien hôtel particulier, sur lequel on peut lire et apprendre sa démolition prochaine. Que le permis a été délivré par la préfecture et que le dossier peut y être consulté. Qu'à cet emplacement, bientôt, s'élèvera un ensemble de grand standing comprenant six étages d'habitation et un rez-de-chaussée à usage commercial, avec parking en sous-sol et cour intérieure arborée. Une illustration saisissante d'un réalisme idéal vient appuyer le propos. Il est également question de l'excellence de l'investissement et de la qualité des prestations. En plus petit est stipulé scrupuleusement la durée effective des travaux engagés ainsi que les différents corps de métiers impliqués dans l'opération, sans oublier le nom du maître d'œuvre et celui de l'architecte responsable du chantier à venir.

Les ouvriers sont partis, maintenant, leur besogne achevée et leurs outils rangés.

Quelques passants s'attardent un moment devant le panneau, déchiffrent ce qu'ils peuvent avant de poursuivre leur chemin.

Une dame d'un certain âge promène son embonpoint et ses certitudes ainsi qu'un chien minuscule au bout d'une laisse en maugréant que, je cite approximativement, « c'est pas trop tôt ». Difficile d'affirmer si cela s'adresse au panneau et à ce qu'il indique ou au chien, qui est une chienne qui s'appelle Miquette et qui vient de baptiser la chaussée d'un étron proprement stupéfiant compte tenu de la taille insigne de l'animal.

Simon allume une nouvelle cigarette avec le mégot de la précédente et tousse gras. Manque de s'étouffer. Lâche le mégot qu'il écrase de la pointe de la chaussure en un mouvement tournant. Tousse encore et crache une glaire chargée.

Hélène s'avachit un peu, se reprend, se raidit. Fixe le panneau sans le voir.

Marc Balmard observe.

C'est alors qu'intervint Ernest Constant, que personne n'avait entendu venir.
Il soutint qu'il aurait juré reconnaître Odette de Rubempré dans une clocharde croisée la veille au soir, aux abords d'une gare routière de banlieue. Elle avait beaucoup changé, la veuve

Rubempré, disait-il. Au point qu'il avait bien failli ne pas la reconnaître, tellement elle avait changé. Mais il l'avait reconnue, prétendait-il. À son avis la petite mère, au bal de la mouise, elle avait dû en faire, des tours de piste. Baissant la voix pour être bien certain de retenir toute l'attention possible, il émit l'hypothèse qu'elle se livrait sans doute à la prostitution.

Hélène ne l'écoutait qu'à peine. Hélène n'avait jamais beaucoup aimé son ancienne belle-sœur.

Marc Balmard remarqua que Simon feignait de regarder ailleurs.

Ernest profita de l'arrivée inopinée de Lucille Crébillon pour oublier de préciser, que par acquis de conscience, il s'en était allé vérifier de près si par hasard c'était bien la Rubempré et si elle se prostituerait pas un peu et combien ça coûtait de se faire cajoler l'ornement.

C'était dans les limites étroites de son budget médiocre.

Ce qui ne l'empêcha pas de partir sans payer.

C'est Hélène qui se chargea d'informer Lucille des infortunes réelles et supposées de l'Odette.

52.

La concierge se nomme Mireille. Madame Mireille, soit deux fesses qui ne font qu'un cul sur lequel se trouve posé en équilibre précaire un torse sans importance d'où émerge une tête qui pourrait être celle de sa mère si elle l'avait connue.
Sous le cul, il y a des jambes. On l'envisage. Mais on s'en désintéresse, tant le cul est présent et s'impose. Madame Mireille possède également deux bras idéals pour astiquer et porter ce qui est lourd. Des bras d'honnête laborieuse, avec des mains, du vrai matériel de foire agricole. C'est une rude, Madame Mireille.

Lorsque, de sa loge, Madame Mireille a entendu le cri dans la rue, la première idée qui lui soit venue à l'esprit, spontanément, sans réfléchir, c'est que l'autre taré avec ses moignons était de retour dans le quartier pour y faire son petit numéro bien rodé de nuisance. En concierge responsable, elle abandonna son ouvrage et se dirigea vers la fenêtre pour voir de quoi il retournait et prendre, avec la diligence requise, les mesures qui souvent s'imposent d'elles-mêmes.
Sur le trottoir devant l'immeuble, il y avait un attroupement. En se penchant, autant que son cul lui permettait de se pencher, Madame Mireille put constater qu'à terre gisait le corps inanimé d'une femme. C'était elle, cette femme, qui avait crié. Elle aurait

crié avant de s'effondrer, confirme une mère de famille nombreuse encombrée des provisions du soir à un retraité des Postes suspicieux. Un homme portant un chapeau et un costume qui n'était plus de saison se permit de suggérer que la présence d'un médecin ferait bien dans le tableau.

Qu'il pouvait y avoir urgence.
Madame Mireille savait justement où en trouver un, de médecin. Il suffisait de se rendre au quatrième. Elle annonça de sa fenêtre à l'attroupement qu'elle se chargeait d'aller aux étages quérir le praticien, qu'elle n'en aurait pas pour longtemps, que c'était déjà fait, ou presque.
Au quatrième, où elle sonne, tout essoufflée, il lui est répondu par une secrétaire hautaine que Monsieur le docteur n'est pas là, qu'il est parti précipitamment porter secours à une dame dans la rue qui vient d'avoir un malaise, qu'ils auraient pu sans doute se croiser dans l'escalier si Monsieur le docteur n'avait pas pris l'ascenseur pour aller plus vite.
Bredouille, mais soulagée, Madame Mireille et son cul se redévalent en cavalcade les quatre étages pour retrouver sans surprise sur le trottoir le docteur tentant en vain de prodiguer les premiers soins à l'effondrée qui n'a toujours pas repris connaissance.
L'avisant, le thérapeute l'interpelle pour lui avouer que, dans sa hâte légitime d'intervenir promptement, il a oublié sa sacoche dans son cabinet et que, si c'était possible, car il ne voudrait pas abuser, si elle pouvait. Madame Mireille, flattée de la confiance que lui témoigne l'ancien interne des hôpitaux de Paris, assure que pas du tout et même que pensez donc.
Au quatrième où elle sonne hors d'haleine, il lui est répondu par l'assistante revêche que le docteur n'est toujours pas là, qu'il est sorti précipitamment et qu'il n'est pas encore revenu. Madame Mireille, les poumons en feu, explique qu'elle sait déjà tout ça. Que c'est même lui qui l'envoie pour chercher sa sacoche qu'il

aurait oublié de prendre en partant et dont il a un besoin pressant.
Pissant de sueur, la raie du cul en eau, Madame Mireille déboule au milieu de l'attroupement, qui s'est entre-temps considérablement étoffé, pour annoncer déconfite au médecin qu'elle n'a pas la sacoche espérée, vu qu'elle n'a pas su où chercher, rapport à ce qu'il lui aurait pas dit où trouver. Le carabin convient de sa distraction coupable et donne toutes les indications nécessaires. Mentalement, Madame Mireille note, avant de s'en retourner gravir avec son cul en bandoulière ce qu'il faut de marches pour arriver au quatrième.
Au quatrième où elle sonne, à l'extrême limite de l'apoplexie et de la rupture d'anévrisme, il lui est répondu, par l'employée peu amène : qu'elle fait chier, que le docteur il est pas là, qu'il est parti en voyage, qu'il reviendra plus, qu'il va déménager, qu'elle va se casser la bignole maintenant, que pour les étrennes elle peut se le gratter son gros cul, qu'elle est pas payée à tirer les sonnettes pour se distraire de sa vie de médiocre souillon en dérangeant le monde à tout bout de champ, qu'enfin elle sue gras et qu'elle pue fort. Madame Mireille, en passe de défaillir, le chignon en vrac, ahanant, suffoquant, incapable d'articuler autre chose qu'un souffle rauque, aligne, pour toute réplique à la gommeuse, un frontal qui lui éclate sec l'arête du nez et l'envoie décorer le plancher en chevrons, avant de traîner son cul en direction d'un bureau dans lequel elle doit trouver un bureau sur lequel elle trouvera la sacoche convoitée.
La sacoche sous le bras, Madame Mireille se rue sur le palier. Mais plutôt que de s'appuyer les escaliers qui commencent à bien faire, elle opte pour l'ascenseur, qui est justement là à l'attendre. Péniblement, elle parvient à s'insinuer à l'intérieur. La cage est exiguë et pas exactement conçue pour des culs de son calibre. Après quelques contorsions remarquables, elle parvient quand même à s'insérer dans la modeste cabine grillagée. Refermer les battants derrière elle n'est pas non plus une mince

affaire. Elle y arrive pourtant au prix d'efforts méritoires. Il n'y a plus qu'à appuyer sur le bouton de commande. Il se trouve à sa droite. Elle presse dessus. Sur celui sur lequel est indiqué « R de C » pour « rez-de-chaussée ».
Rien.
Elle réitère plus vigoureusement. L'ascenseur enfin s'ébranle, lentement, dans un bruit de moissonneuse-batteuse soviétique dans un champ de casseroles rouillées. La concierge pense qu'elle aurait été plus rapide en empruntant les escaliers. Elle n'a pas tort. Parce que l'ascenseur arrête sa lente progression entre deux étages. S'immobilise très précisément entre le quatrième et le troisième.
Impossible de le faire repartir, que ce soit dans un sens ou dans l'autre.
Impossible de sortir.
La concierge est coincée dans l'ascenseur bloqué.
Elle crie au secours.
Appelle à l'aide.
Réclame.
Hurle.
Crie.
Braille.
Beugle.
Gueule.
Mugit.
Pleurniche.
Mais personne ne vient.

53.

Personne n'entend Mireille, trop occupés qu'ils sont par ce qui se passe dans la rue en bas de chez eux et qu'ils regardent de leurs fenêtres ouvertes ou de leurs balcons.
Quand Madame Mireille était repartie rechercher cette maudite trousse pour l'autre charlatan, il y avait déjà pas mal de monde sur le trottoir qui s'agglomérait les uns aux autres. Aux premiers badauds arrivés autour de la défaillante s'étaient adjoints d'autres badauds intrigués de voir autant de badauds réunis, attirant à leur tour de nouveaux badauds curieux de connaître la raison d'un tel déploiement de badauds.
Au bout d'un moment, tout ce peuple fit une foule qui, débordant sur la chaussée, compromit sérieusement la circulation automobile dans les deux sens. Certaines voitures tentèrent d'échapper à l'embouteillage en forçant le passage à grands coups de klaxon. Ça ne dégagea pas la chaussée pour autant, tout ce bruit inutile. De part et d'autre, on s'oublia dans le propos injurieux. Un routier abandonna la cabine de son camion avec la ferme intention d'en découdre. Une femme enceinte se trouva mal. Le docteur tenta de lui porter secours au milieu de la cohue en réclamant sa trousse avec impatience. Quelqu'un dit quelque chose de déplaisant à son voisin qui le gifla. Le docteur fut pris à partie par un automobiliste belliqueux immatriculé dans la Nièvre.

Un ancien sous-officier de l'infanterie de marine en appela au calme et à la retenue, n'hésitant pas pour légitimer sa harangue à citer ses états de service. Un livreur de journaux lui cloua le bec d'une taloche. Une petite fille perdit sa poupée en chiffon et sa mère. Le docteur saigna du nez. Une étudiante en droit à bord d'une décapotable rouge se permit d'admonester en termes vigoureux un séminariste à bicyclette. Une épouse délaissée donna de violents coups de parapluie sur une grosse cylindrée de marque transalpine. Un employé modèle rudoya un cadre intermédiaire à propos d'un phare. Un dentiste cinquantenaire et chauve explosa la tronche de la connasse qui lui saccageait à coups de parapluie le capot de sa grosse cylindrée de marque transalpine. La police intervint.
Et embarqua tout le monde sans ménagement, ni beaucoup de discernement.

Les balcons se vidèrent et les fenêtres se refermèrent. La rue reprit son aspect de rue de tous les jours, celle que l'on emprunte seulement pour rentrer chez soi en pressant le pas, de peur d'arriver en retard pour le souper.

C'est maintenant que Mireille devrait donner de la voix, si elle veut sortir son gros cul de son ascenseur.
Mais elle est devenue aphone.

Ce n'est que le lendemain matin qu'un locataire voulant emprunter l'ascenseur la découvrira. Sans qu'on lui explique, il comprendra la situation et rassurera la malheureuse.
Il allait de ce pas agir en conséquence.
Elle n'avait plus à s'inquiéter.
Il prenait les choses en main.
Moins de deux heures plus tard, une première affichette indiquait que l'ascenseur était en panne et une seconde, que la concierge était sévèrement coincée dans l'ascenseur.

54.

Quand Lucille Crébillon émergea enfin, la concierge était encore dans l'ascenseur.

Il faisait nuit.
Il lui manquait une chaussure.

Les autres étaient partis ailleurs en la laissant sur le trottoir, à l'endroit exact où elle s'était effondrée après avoir crié comme elle avait crié.

Elle veut se relever.
La tête lui tourne encore, l'est pas bien brillante à la verticale, faudrait qu'elle se pose. Elle avise le banc. En boiteuse, elle s'y traîne pour y déposer avec d'infinies précautions une fesse timide.
La voilà assise.
Comme à regret.

Devant elle, en face d'elle, de l'autre côté de la rue, il y a l'ancien hôtel particulier sur la façade duquel est accroché le panneau. En le voyant, elle ne criera pas, cette fois. Crier ne sert plus à rien. Elle ne criera pas, elle se contentera de pleurer doucement, en silence, comme pleurent les vieux quand ils savent plus comment occuper leurs journées trop longues.

« Faut pas rester comme ça, ici, Madame. »

Devant Lucille Crébillon, qui renifle sans répondre, se tient, plein de sollicitude, un sous-brigadier plutôt bien noté par ses supérieurs hiérarchiques, présentement en patrouille de nuit et accompagné par deux agents de police en uniforme.

« Faut pas rester comme ça, ici, Madame. »

Il insiste, l'obstiné.
Elle renifle.

« Faut vous en aller, là, maintenant, Madame. »

Il est conscient des devoirs de sa charge, de la mission qui lui a été confiée par ses supérieurs qui le notent bien.
Elle, elle renifle.

« Faut partir, vous lever et puis partir, Madame. »
« Faut rentrer chez vous, Madame. »
« Il est tard madame, il fait nuit, Madame. »
« À votre âge, faut pas rester dehors dans la nuit sur un banc, Madame. »
« Faudrait rentrer chez vous, Madame. »
« C'est loin votre chez-vous, Madame ? »
« Vous avez un chez-vous, Madame ? »
« Je vous parle, Madame. »
« Vous m'écoutez, Madame ? »
« Vous comprenez quand je vous parle, Madame ? »
« Vous comprenez le français ? »
« T'es étrangère ? »

« T'as tes papiers ? »
« Je te cause là, la vieille. »
« Tes papiers, je te demande ! »
« T'arrête de te maquiller à la morve et t'obtempère vivace ! »
« Tu cherches les tracasseries administratives ? »
« La bavure ? »
« Ma matraque ! Tu l'as vue, ma matraque ? »
« Tu l'as sentie, ma matraque, tas de guenilles ? »
« T'en veux encore ? »
« T'aimes ? »
« Tu réclames ? »
« T'y prends goût ? »
« T'en raffoles ? »
« Tu te délectes ? »
« Tu dégustes ? »
« Tu savoures ? »
« Tu te régales ? »
« T'en redemandes ? »
« Lâche cette matraque ! »
« Tu vas la lâcher, cette matraque, vieille conne ! »
« Lâchez cette matraque, Madame ! »
« C'est ma matraque, lâchez cette matraque ! »
« Rendez-moi ma matraque ! »
« Mais elle est complètement à la ramasse, la vioque ! »
« Tu sais combien ça coûte de frapper un... »
« Attention, Madame, je suis pas tout seul, je suis à plusieurs ! »
« De l'aide, merde ! »
« Les deux marioles, au lieu de décorer le trottoir ! »
« Intervenez ! »
« Agissez ! »
« Faites usage de vos armes ! »
« Revenez ! »
« Ne fuyez pas ! »
« Me laissez pas ! »

« Bande de lâches ! »
« Pleutres ! »
« Poltrons ! »
« Couilles molles ! »
« Attendez moi ! »
« … »
« A mal… »

LE PATRIOTE

ENCORE UNE AGRESSION PERPÉTRÉE SUR UN MEMBRE DES FORCES DE L'ORDRE

L'arrogance criminelle des délinquants qui font régner la terreur dans nos cités ne connaît plus de limite. Hier soir, une « personne », bien connue des services de police, s'en est prise avec une rare sauvagerie à un sous-brigadier de la Police nationale. Sans l'intervention énergique et pour tout dire proprement miraculeuse d'une patrouille lourdement armée, il ne fait aucun doute que ce courageux gardien de la paix eût succombé sous les coups de son « agresseur ». Et quand je dis « agresseur », je devrais, pour respecter la vérité des faits, tordre le dictionnaire et prendre des libertés qui me répugnent avec notre belle langue française. Car dans cette sordide affaire, il n'y a pas un « agresseur » mais (passez-moi l'expression) une « agresseuse ». Parfaitement, une femme !

« Dans quel monde vivons-nous ! » seriez-vous en droit de vous exclamer, horrifiés. Eh bien je vais vous le dire, moi, dans quel « monde » nous vivons. Nous vivons dans un monde où règne l'insécurité, où l'incivilité est la règle et l'honnête homme l'exception.

Voilà, Messieurs les Belles Âmes, toujours prompts à excuser la canaille, à lui trouver des circonstances « atténuantes », le résultat de vos « politiques » laxistes et démissionnaires.

(Éditorial signé Jean-Jacques Du Tour.)

L'ASCENSEUR EST EN DÉRANGEMENT
ET LA CONCIERGE EST DANS L'ASCENSEUR

(Affichette anonyme.)

L'ÉVÉNEMENT

LES EMBARRAS DE LA CIRCULATION DANS PARIS PRENNENT DES PROPORTIONS INQUIÉTANTES

Hier, en fin d'après midi, un embouteillage monstre dans l'ancienne rue des Cailloux-qui-Moussent aurait dégénéré en pugilat entre automobilistes, nécessitant l'intervention de plusieurs brigades mobiles pour rétablir un semblant d'ordre.
L'on déplorerait de nombreux blessés parmi les forces de l'ordre et plusieurs personnes auraient été interpelées.
La Préfecture de Police se refuse à tout commentaire sur le sujet.

(Extrait des pages «Vie pratique», non signé.)

L'ÉCHO DU JOUR

Le corps inanimé et sans vie d'une prostituée a été découvert ce matin dans un terrain vague aux abords de la Capitale. La malheureuse semble avoir été rouée de coups avec une sorte de clef anglaise en fonte. L'arme du crime retrouvée à proximité du lieu du drame serait actuellement entre les mains des enquêteurs qui, n'excluant aucune hypothèse, privilégient toutefois le règlement de compte que l'on aurait tenté de maquiller en suicide.

(Extrait de la rubrique « Faits divers », article non signé.)

LA
CONCIERGE
JE
L'ENCULE

(Graffiti anonyme.)

LE POPULAIRE

UNE BIEN ÉTRANGE COÏNCIDENCE

Deux faits divers récents ont eu l'heur d'attirer notre attention. Pas tant par leurs qualités, somme toute assez banales, que par leurs protagonistes.

Pas plus tard qu'hier, en pleine nuit, une déséquilibrée d'un certain âge s'en est prise assez violemment à un membre des forces de l'ordre lors d'un banal contrôle d'identité qui aurait mal tourné, selon l'expression très en vogue à la Préfecture de Police. La malheureuse se trouve actuellement dans une institution spécialisée, l'hôpital psychiatrique de PONTCHARTRAIN (Seine-et-Oise), où elle a été transférée après son interpellation qui semble s'être déroulée avec ce professionnalisme viril typique des méthodes actuelles.

Le second cas dont j'aimerais vous entretenir est celui, plus sinistre, de cette prostituée dont on a retrouvé le corps atrocement mutilé aux abords de la Capitale, ce matin même.

Rien ne semble relier ces deux événements, c'est ce que l'on pourrait croire ou que l'on voudrait croire, ou nous faire croire.

Mais il se trouve qu'il existe encore dans ce pays des journalistes qui s'obstinent à faire encore leur travail. Ainsi sommes-nous en mesure de révéler à nos lecteurs que la personne impliquée dans l'agression de cette nuit n'est autre que Lucille Crébillon et que la prostituée s'appelait Odette de Rubempré, veuve de Jean-Jacques de Tréfond-Trévise.

Deux personnages, deux femmes, qui furent l'on s'en souvient mêlées d'assez près à cette affaire qui fit en son temps couler beaucoup d'encre et quelques ministères.

Voilà qui est troublant.

Ne trouvez-vous pas, Monsieur le Préfet de Police ?

(Éditorial signé Henri Gullet-Coublet.)

LA
CONCIERGE
JE LUI PISSE
À LA RAIE

(Graffiti anonyme.)

TROUVÉES CHAUSSURES
FEMMES TAILLE 38

(Petit papier collé contre le chambranle d'une entrée d'immeuble.)

LA
CONCIERGE
JE LUI CHIE
DANS
LA BOUCHE

(Graffiti anonyme.)

LE RÉVEIL DE LA NATION

ÇA SUFFIT !

La mesure est comble.
L'automobiliste n'en peut plus. On le taxe, on le pressure, on le saigne à blanc. Il est la véritable vache à lait d'un État qui ne sait que l'accabler sans cesse de nouvelles réglementations tatillonnes dont l'efficacité douteuse reste encore à démontrer. Quoi qu'il fasse, où qu'il aille, l'automobiliste se retrouve la victime impuissante de la bêtise qui nous gouverne. Je vous laisse juge. Qu'il veuille se déplacer pour affaire ou agrément, et on lui plante des platanes centenaires tout du long des routes de campagne pour qu'il s'y écrase, quand il aurait besoin de voies express rapides. Qu'il veuille se rendre en ville, et on le confine dans un dédale de ruelles qui, pour être pittoresques, n'en sont pas moins tout sauf pratiques, quand il aurait besoin de larges avenues. Qu'il lui prenne l'idée de vouloir se garer, et on le verbalise, quand il aurait besoin de parkings gratuits.

La vie de l'automobiliste est tout simplement un enfer, peuplé de contractuelles parasites et d'embouteillages imbéciles.

Mais la patience a des limites. Et celles de l'automobiliste sont sans doute atteintes.

Ainsi, hier, en fin de matinée, dans l'ancienne rue des Cailloux-qui-Moussent, une manifestation spontanée d'automobilistes en colère contre ces scandaleuses conditions de circulation, qu'ils subissent quotidiennement, s'est retrouvée violemment réprimée par les forces de l'ordre. Que l'automobiliste proteste, et on le matraque. Les sergents de ville seraient mieux inspirés de traquer les voleurs de voitures plutôt que leurs légitimes propriétaires. Mais j'imagine que ces messieurs les fonctionnaires ont reçu des consignes.

Des consignes venues d'en haut.

Nous aimerions assez que Monsieur le Préfet de Police daigne s'en expliquer.

Mais sans doute est-il trop occupé à nous concocter quelques-unes de ses fumeuses restrictions de circuler dont il a le secret.

(Tribune signée par Jean-Marie Édouard de l'Orgemond, de l'Académie française et de l'Automobile Club des Hauts-de-Seine.)

LA
CONCIERGE
JE LUI
CRACHE
À LA
GUEULE

(Graffiti anonyme.)

LA CONCIERGE, JE LUI METS UN DOIGT

(Graffiti anonyme.)

JE LUI
ENFONCE
LE POING

(Graffiti anonyme.)

JE LUI
ENFOURNE
LE PIED

(Graffiti anonyme.)

GUDULE EN A UNE GROSSE

(Gudule)

RECOMMANDÉ
COMPAGNIE GÉNÉRALE DE L'ÉLECTRICITÉ

Sauf erreur ou omission de notre part, il apparaît que votre dernière facture n'a toujours pas été réglée. Nous vous rappelons que, contractuellement, vous vous engagez à honorer vos factures dans les délais impartis et selon les modalités convenues. Aussi, nous vous engageons à régulariser votre situation, si ce n'est déjà fait. Dans le cas contraire, la Compagnie se verrait dans l'obligation de suspendre ses prestations, sans préjudice des frais encourus.

Veuillez agréer, Monsieur BALMARD, l'expression de nos sentiments distingués.

(Signature illisible.)

AVIS

DEPUIS QUELQUE TEMPS, LE CONSEIL SYNDICAL DE LA COPROPRIÉTÉ DÉPLORE DANS LES PARTIES COMMUNES DE NOMBREUX ACTES DE VANDALISME SOUS LA FORME D'INSCRIPTIONS SOUVENT INJURIEUSES. NOUS RAPPELONS AUX RÉSIDENTS, ET TOUT PARTICULIÈREMENT AUX LOCATAIRES DE L'IMMEUBLE, QUE LA COLLECTIVITÉ N'A PAS À SUPPORTER LES AGISSEMENTS IRRESPONSABLES DE QUELQUES-UNS. NOUS LEUR RAPPELONS ÉGALEMENT QUE CES PARTIES COMMUNES SONT SOUS LEUR RESPONSABLITÉ, QU'IL EST INTERDIT D'Y ENTREPOSER DES OBJETS PERSONNELS OU DE LES DÉGRADER. AUSSI, NOUS INVITONS LES RÉSIDENTS À DÉLIVRER AU PRÉSIDENT DU CONSEIL SYNDICAL (MONSIEUR TERROIR - DEUXIÈME PORTE DROITE) TOUTE INFORMATION PERMETTANT DE METTRE FIN À DE TELS AGISSEMENTS. LE CONSEIL SYNDICAL SE RÉSERVANT DE DONNER LES SUITES QU'IL JUGERA NÉCESSAIRES.

SOYEZ VIGILANTS ET NE LAISSEZ ENTRER AUCUNE PERSONNE ÉTRANGÈRE À L'IMMEUBLE SANS VOUS ÊTRE ASSURÉS AU PRÉALABLE DE SON IDENTITÉ.

(Affichette signée du président du conseil syndical, M. TERROIR.)

RECOMMANDÉ
<u>COMPAGNIE GÉNÉRALE DU GAZ</u>

Sauf erreur ou omission de notre part, il apparaît que votre dernière facture n'a toujours pas été réglée. Nous vous rappelons que, contractuellement, vous vous engagez à honorer vos factures dans les délais impartis selon les modalités convenues. Aussi, nous vous prions de régulariser votre situation, si ce n'est déjà fait. Dans le cas contraire, la Compagnie se verrait dans l'obligation de suspendre ses prestations, sans préjudice des frais encourus.

Veuillez agréer, Monsieur BALMARD, l'expression de nos sentiments distingués.

(Signature illisible.)

LE
CONSEIL
SYNDICAL
JE
L'EMMERDE

(Graffiti anonyme.)

RECOMMANDÉ
<u>COMPAGNIE GÉNÉRALE DES EAUX</u>

Sauf erreur ou omission de notre part, il apparaît que votre dernière facture n'a toujours pas été réglée. Nous vous rappelons que, contractuellement, vous vous engagez à honorer vos factures dans les délais impartis selon les modalités convenues. Aussi, nous vous prions de régulariser votre situation, si ce n'est déjà fait. Dans le cas contraire, la Compagnie se verrait dans l'obligation de suspendre ses prestations, sans préjudice des frais encourus.

Veuillez agréer, Monsieur BALMARD, l'expression de nos sentiments distingués.

(Signature illisible.)

JE VEUX
MON FRIC

(Inscription rageuse au feutre rouge sur une porte d'appartement.)

LE PETIT
GUYANAIS
HEBDOMADAIRE
D'INFORMATION

Vends cause décès hôtel-restaurant
de charme centre historique de
Pont-ô-Combôô. Prix à débattre.

(Rubrique des petites annonces.)

RECOMMANDÉ
<u>RÉGIE FRANÇAISE DES TÉLÉPHONES</u>

Sauf erreur ou omission de notre part, il apparaît que votre dernière facture n'a toujours pas été réglée. Nous vous rappelons que, contractuellement, vous vous engagez à honorer vos factures dans les délais impartis selon les modalités convenues. Aussi, nous vous prions de régulariser votre situation, si ce n'est déjà fait. Dans le cas contraire, nous nous verrions dans l'obligation de suspendre nos prestations, sans préjudice des frais encourus.

Veuillez agréer, Monsieur BALMARD, l'expression de nos sentiments distingués.

(Signature illisible.)

LE PETIT GUYANAIS

HEBDOMADAIRE D'INFORMATION

Ce matin a été portée en terre, au cimetière communal de Pont-ô-Combôô (district sud), entourée de son époux et de ses proches, MIRANDA CORNÉLION, née sous X. Nos prières l'accompagnent.

(Rubrique nécrologique.)

RECOMMANDÉ
BANQUE D'ESCOMPTE
ET DE CRÉDIT
DU NORD-PAS-DE-CALAIS

Monsieur BALMARD,
Je constate qu'une nouvelle fois votre compte courant accuse un solde débiteur qui excède largement les limites des découverts autorisés dans notre établissement. Nous vous serions obligés de bien vouloir vous mettre en relation avec votre conseillé clientèle, dans les délais les plus brefs, afin que vous puissiez étudier ensemble les moyens de remédier à cette situation. Faute de quoi la banque se verrait dans la pénible obligation de prendre les mesures qui s'imposent, sans préjudice des frais encourus.

Je vous prie de croire, Monsieur BALMARD,
à l'expression de mes sentiments distingués.

(Signature très lisible.)

LE PETIT GUYANAIS

HEBDOMADAIRE D'INFORMATION

Un incendie a ravagé cette nuit l'hôtel-restaurant-bar-tabac-épicerie-marchand de journaux-dépôt de pain de la commune de Pont-ô-Combôô (district sud). Aucune victime n'est à déplorer. L'origine accidentelle du sinistre ne semble faire aucun doute pour les enquêteurs. Toutefois, l'acte de malveillance n'est pas...

(suite de l'article en page 4)

(En une sur deux colonnes avec photos.)

RECOMMANDÉ
<u>GILBERT PICARD, HUISSIER DE JUSTICE</u>

Monsieur BALMARD,

Malgré mes nombreux courriers, auxquels vous n'avez jusqu'alors jamais daigné donner suite, je constate amèrement que vous n'avez toujours pas régularisé votre situation vis-à-vis de votre bailleur, que mon étude a le privilège de représenter. Je vous rappelle, une fois de plus, que votre loyer doit être impérativement réglé chaque mois à date fixe. Monsieur BALMARD, je suis au regret de vous annoncer que, compte tenu de votre désinvolture, un avis d'expulsion a été émis à votre encontre et qu'il vous signifie de libérer les lieux que vous occupez indûment dans la semaine à compter de la réception de ce courrier. Sous peine de poursuites, sans préjudice des frais encourus.

Veuillez agréer, Monsieur BALMARD, l'expression de mes sentiments distingués.

(Signature illisible et tampon officiel.)

LE PETIT GUYANAIS

HEBDOMADAIRE D'INFORMATION

... à exclure.

(Page 4.)

MON FRIC BALMARD

(Inscription rageuse à la peinture rouge au pinceau à brosse sur la porte d'un appartement meublé.)

DERNIER AVIS AVANT COUPURE

(Régie française des téléphones)

LE FRIC
BALMARD

(Inscription rageuse au seau de peinture rouge
sur la porte d'un appartement meublé.)

ORDRE DU JOUR
DE L'ASSEMBLÉE GÉNÉRALE
DES COPROPRIÉTAIRES DE L'IMMEUBLE
DU 81, AVENUE DU GÉNÉRAL-CRÉMIEUX

(anciennement, rue des Cailloux-qui-Moussent)

- Élection du conseil syndical.

- Présentation des comptes de la copropriété.

- Quitus au syndic des comptes de la copropriété.

- Reconduction du mandat du syndic.

- Sur proposition de Monsieur TERROIR: Déblocage des crédits nécessaires au nettoyage et à l'entretien des murs de la cage d'escalier souillés anonymement.

- Sur proposition de Monsieur TERROIR: Étude des dispositions à prendre contre les actes de vandalisme qui souillent anonymement les murs de la cage d'escalier.

- Sur proposition de Monsieur TERROIR: Recrutement d'une nouvelle concierge.

- Sur proposition de Monsieur TERROIR: Licenciement de la précédente concierge pour abandon de poste et occupation abusive de l'ascenseur principal.

• Sur proposition de Monsieur TERROIR: Contacter des entreprises compétentes pour la remise en service de l'ascenseur principal.

• Sur proposition de Madame CHATEL-MORANO: Signifier à Monsieur TERROIR de s'occuper de ses affaires.

• Sur proposition de Monsieur TERROIR: Expliquer calmement à Madame CHATEL-MORANO que c'est précisément ce qu'il est en train de faire.

• Sur proposition de Madame CHATEL-MORANO: Sous-entendre que Monsieur TERROIR pompe surtout l'air, fatigue et lasse.

• Sur proposition de Monsieur TERROIR: Relever que Madame CHATEL-MORANO n'a plus tout à fait son entendement.

• Sur proposition de Madame CHATEL-MORANO: Insinuer que Monsieur TERROIR est une bouse.

• Sur proposition de Monsieur TERROIR: Faire interner Madame CHATEL-MORANO.

• Sur proposition de Madame CHATEL-MORANO: Prier Monsieur TERROIR d'aller se faire voir.

• Sur proposition de Monsieur TERROIR: Exiger de Madame CHATEL-MORANO qu'elle se taise.

• Sur proposition de Madame CHATEL-MORANO et de Monsieur TERROIR: En venir aux mains.

DERNIER AVIS AVANT COUPURE

(Compagnie générale du gaz)

L'ÉVÉNEMENT

UN DRAME INEXPLIQUÉ VIENT ENDEUILLER LA FÊTE FORAINE QUI SE TENAIT À ORGERUS-BEHOUST

(Seine-et-Loire)

C'est en démontant son attraction «LE PALAIS DES GLACES» que Monsieur Salpétrio, forain itinérant de son état, fit une macabre découverte. Le corps d'un homme à demi nu, gisant sans vie. D'après les premiers éléments de l'enquête diligentée par la gendarmerie, il apparaît que l'individu, dont l'identité n'a toujours pas été révélée, serait mort d'inanition, terrassé par la faim et la soif, et sans doute aussi d'épuisement. La victime aurait erré des jours durant, des semaines peut-être, en cherchant désespérément une sortie qu'elle n'a jamais trouvée. Monsieur Salpétrio, pressé de questions, a bien voulu confirmer que, par le passé, un incident était déjà intervenu dans son «PALAIS DE GLACES». Mais, a-t-il tenu à préciser, il s'agissait d'un enfant de six ans ayant échappé à la vigilance de ses parents et qui aurait, nous a-t-on assuré, de lui-même retrouvé la sortie avant que les secours prévenus dans l'heure n'aient eu le temps de partir à sa recherche. Nous rappellerons à nos lecteurs que «LE PALAIS DES GLACES» est une attraction assez commune. Composé d'un dédale de miroirs, souvent déformants, ce labyrinthe fait la joie d'un public en mal de sensations. Selon les informations dont nous disposons actuellement, «LE PALAIS DES GLACES» a passé avec succès tous les contrôles techniques nécessaires et ne présenterait pas, d'après les experts, de dangerosité particulière. Enfin, si la thèse de l'accident semble la plus probable, la piste du suicide ne serait pas à écarter.

(Rubrique «Faits divers».)

DERNIER AVIS AVANT COUPURE

(Compagnie générale d'électricité)

LE PETIT GUYANAIS

HEBDOMADAIRE D'INFORMATION

Hier soir, vers 22 heures, le corps d'un homme à demi déchiqueté a été repêché par une patrouille de la police fluviale aux abords de l'embarcadère de Pont-ô-Combôô (district sud). Il s'agirait de l'ancien gérant de l'hôtel-restaurant récemment détruit par un incendie, un certain Jérémie CORNÉLION, bien connu dans sa jeunesse pour avoir animé la chronique judiciaire locale par ses exploits de chasseur d'hommes. Voilà qui aurait naturellement dirigé l'enquête vers le règlement de compte, si la victime n'avait été décrite par son proche entourage comme une personne âgée, taciturne, très affectée par la perte de sa femme Miranda et de son établissement, ce qui pourrait accréditer la thèse du suicide. Toutefois, il nous a été confirmé que l'accident ne serait pas non plus à exclure.

(Article signé Henri Gullet-Coublet.)

DERNIER AVIS AVANT COUPURE

(Compagnie générale des eaux)

VÉRITÉ GUYANE

JOURNAL DE LIBRE OPINION

UN MORT BIEN ENCOMBRANT

De notre envoyé spécial à Pont-ô-Combôô (district sud).

Hier soir, vers 23 heures, une patrouille de la police fluviale a repêché le corps atrocement mutilé de Jérémie Cornélion. Cet expatrié, bien connu de notre communauté pour sa loyauté vis-à-vis de la métropole, était, l'on s'en souvient, le propriétaire d'un superbe hôtel-restaurant qui fut réduit en cendres il y a peu par un incendie que d'aucuns qualifieraient de mystérieux. Aujourd'hui, c'est son cadavre que l'on repêche. Voilà qui est pour le moins troublant. La police, pressée de questions, est restée plus qu'évasive sur les causes probables du décès de notre compatriote, se retranchant, comme souvent en pareil cas, derrière le secret de l'instruction, s'en tenant à affirmer qu'aucune piste ne serait négligée. C'est un air connu, qui a déjà servi avec les résultats que nous connaissons tous.

Nous n'exigeons que la Vérité.

Nous ne réclamons que la Justice.

(Article signé par un comité de citoyens vigilants
et qui comptent bien le rester.)

DERNIER AVIS AVANT SAISIE

(Gilbert PICARD, huissier de justice)

RAPPORT

du Commissaire Divisionnaire Brice Boutefeux
à Monsieur le Procureur Général de la République.

Monsieur le Procureur Général de la République, je me permets d'apporter à votre connaissance les faits suivants.

Dans la nuit de jeudi à vendredi, vers 21 heures, une unité d'intervention rapide de la police fluviale, en patrouille aux abords de l'embarcadère de la commune de Pont-ô-Combôô, a repêché le corps sans vie d'un homme de race blanche. L'officier de quart qui s'est chargé des premières constatations a relevé que le corps portait à de nombreux endroits des traces de larges et profondes morsures, sans doute l'œuvre des bêtes fauves qui infestent le fleuve à cet endroit. Ces observations seront confirmées par le médecin légiste. Grâce aux empreintes digitales et aux papiers d'identité retrouvés dans une poche revolver, nous avons pu facilement identifier la victime comme étant Jérémie Cornélion. Un individu bien connu de nos services pour avoir, dans le passé, été un précieux auxiliaire de police. Ces éléments pourraient nous laisser croire que nous aurions affaire à un acte criminel. Mais l'enquête de voisinage nous a révélé que le défunt souffrait d'une grave dépression.

La possibilité que nous nous trouvions en présence d'un suicide ne serait donc pas totalement inenvisageable. Pour l'heure, nous sommes parfaitement incapables, compte tenu des éléments dont nous disposons, de déterminer avec précision les causes réelles de la mort de ce Jérémie Cornélion, ne disposant pas des moyens matériels et humains nécessaires.

Vous n'êtes pas sans savoir que la situation politique est, depuis quelque temps, particulièrement tendue, du fait des agissements de groupes indépendantistes. Il y a tout à craindre pour que cette affaire, si elle ne trouvait pas un dénouement rapide, ne ravive certaines tensions intercommunautaires.
Déjà la rue s'agite et les esprits s'échauffent.
Les uns disent qu'il ne s'agit que d'un suicide quand d'autres pensent que c'est un crime, soutenus, en partie, par ceux qui affirment que c'est une action indépendantiste, ce que réfutent violemment ceux qui allèguent que c'est un crime déguisé en suicide, ce que contestent ceux qui proclament que c'est une action indépendantiste dissimulée en suicide, ce que refusent d'admettre ceux qui maintiennent que c'est un suicide maquillé en action indépendantiste. Enfin, certains suggèrent que la victime aurait été dévorée par des crocodiles, ce que dénoncent énergiquement ceux qui accusent des alligators, ce que nient farouchement ceux qui allèguent que ce sont des caïmans.

Pour faire face à la situation, avant qu'elle ne nous échappe totalement, j'aurais immédiatement besoin de deux détachements de fusiliers marins et d'une compagnie républicaine de sécurité. Ainsi que de quatre hélicoptères de combat.
D'une antenne médicale mobile.
De huit chars d'assaut.
D'une douzaine de batteries lance-roquettes.
D'une puissante voiture blindée.
D'un garde du corps.
D'un garde du corps pour ma femme.
D'un autre garde du corps pour moi.
D'une augmentation.
D'une promotion.
De la légion d'honneur.
De vacances.
D'une autre affectation.
D'un zoologiste faisant autorité dans les crocodiliens.

(Daté, signé par l'intéressé et tamponné officiellement.)

DERNIER AVIS AVANT EXPULSION

(Gilbert PICARD, huissier de justice)

L'ÉCHO DOMINICAL

OFFRES D'EMPLOI

Ref. 762 - GARDIENNE D'IMMEUBLE : Poste à pourvoir de suite dans résidence bien tenue, références et expérience professionnelle exigées, bon salaire, loge de fonction, dames pas sérieuses s'abstenir, faire parvenir vos candidatures au journal, qui transmettra.

(Rubrique des offres d'emploi.)

DERNIER
AVER-
TISSEMENT
CONNARD

(Inscription taillée à la hache sur la porte d'un appartement meublé.)

URGENT

Cherch. concierge sérieuse. Bonn. rémun.
loge de fonc. dans immeuble de stand.
Contact. M. TERROIR.

(Affichette à la devanture d'une boulangerie-pâtisserie.)

L'OPINION

LE ROI EST MORT

La triste nouvelle vient d'être officiellement confirmée par le sous-secrétaire d'État aux Affaires extérieures, Monsieur Louis Le Pinçon-Leblanc. Le corps de l'inconnu retrouvé mort d'inanition dans une baraque foraine, il y a quelque temps de cela, à Orgerus-Behoust (Seine-et-Loire), est bien celui de l'ancien prétendant au trône de France.

(Brève non signée.)

LE RÉVEIL DE LA NATION

VIOLENTS AFFRONTEMENTS INTERETHNIQUES EN GUYANE FRANÇAISE

(En une, sur trois colonnes,
avec des photos et des commentaires en pages intérieures.)

JE TE CHIE
SUR LE
PAILLASSON
GROS CON

(Graffiti anonyme.)

C'est avec douleur que nous apprenons le décès de Mlle Crébillon Lucille. Nos pensées vont à sa famille et à ses proches. Qu'ils soient assurés de notre soutien dans cette épreuve qui les frappe. Un office religieux se tiendra ce dimanche en la chapelle de l'hôpital, y sera le bienvenu qui voudra se joindre à nos prières pour le repos de l'âme de la défunte.
Les inscriptions sont à retirer à l'aumônerie où un cahier de condoléances est à votre disposition.

(Avis de décès apposé sur le panneau d'affichage du hall de l'hôpital psychiatrique SAINTE-AGNÈS-DE-PONTCHARTRAIN à Pontchartrain.)

AVIS

NOUS RAPPELONS AUX RÉSIDENTS DE L'IMMEUBLE, ET TOUT PARTICULIÈREMENT AUX LOCATAIRES, QU'IL EST FORMELLEMENT INTERDIT, SOUS PEINE DE POURSUITES, DE DÉFÉQUER SUR LES PAILLASSONS.

(Affichette punaisée, signée de Monsieur TERROIR
en sa qualité de président du conseil syndical.)

Contrairement à ce qui avait été annoncé, la cérémonie funéraire de Lucille Crébillon ne se déroulera pas, compte tenu du peu de personnes ayant exprimé le désir d'y participer, dans la chapelle de l'hôpital mais dans la cantine des infirmières du bâtiment B.

(Avis apposé sur le panneau d'affichage
du hall de l'hôpital psychiatrique
SAINTE-AGNÈS-DE-PONTCHARTRAIN à Pontchartrain.)

IL FAUT PAS FAIRE
CACA SUR
LE PAILLASSON
DE MONSIEUR
TERROIR

(Affichette apposée sur la porte de la loge de la concierge et signée par celle-ci.)

LA
CONCIERGE
JE LUI TAPE
SUR
LA GUEULE

(Graffiti anonyme.)

Vu qu'il y a personne pour la Crébillon, l'aumônier fait un pot dans sa chambre.

(Billet punaisé sur le panneau d'affichage du hall de l'hôpital psychiatrique SAINTE-AGNÈS-DE-PONTCHARTRAIN à Pontchartrain.)

AVIS

NOUS RAPPELONS AUX RÉSIDENTS, ET
TOUT PARTICULIÈREMENT AUX LOCATAIRES,
QU'IL EST FORMELLEMENT INTERDIT DE
FRAPPER LA CONCIERGE.

(Affichette scotchée et signée de Monsieur TERROIR
en sa qualité de Président du Conseil Syndical.)

LA
CONCIERGE
JE LUI
DÉFONCE
LA GUEULE

(Graffiti anonyme.)

AVIS

NOUS RAPPELONS AUX RÉSIDENTS, ET TOUT PARICULIÈREMENT AUX VOYOUS QUI SÉVISSENT DEPUIS QUELQUE TEMPS DANS NOTRE IMMEUBLE, QU'IL EST FORMELLEMENT INTERDIT DE FRAPPER LA CONCIERGE AVEC UNE BARRE DE FER.

(Affichette punaisée et signée de Monsieur TERROIR
en sa qualité de président du conseil syndical.)

LE RÉVEIL
DE LA NATION

ENCORE
UNE CONCIERGE
AGRESSÉE DANS SA LOGE

(En une, sur deux colonnes, avec un portrait de la victime.)

OFFRES D'EMPLOI

Ref. 507 –
GARDIENNE D'IMMEUBLE : poste à pourvoir d'urgence, cause décès, dans résidence bien tenue, solides références et expérience professionnelle exigées, salaire correct, loge de fonction, dame de faible constitution s'abstenir. Faire parvenir vos candidatures au journal, qui transmettra.

(Rubrique des offres d'emploi.)

LES
CONCIERGES
MOI JE
ME LES
TRINGLE
À SEC

(Graffiti anonyme.)

MOI
PERSONNE
IL ME TRINGLE

(Billet affiché sur la porte de la loge
de la concierge et signé : LA CONCIERGE.)

JE TE
TRINGLE
PROFOND
QUAND
JE VEUX

(Graffiti anonyme au marqueur noir
en travers du billet affiché sur la porte de la loge de la concierge.)

ON ME TRINGLE PAS

(Billet affiché à la porte de la loge de la concierge
et signé : LA CONCIERGE.)

AVIS

NOUS SOMMES UNE NOUVELLE FOIS AU REGRET DE RAPPELER AVEC LA PLUS EXTRÊME FERMETÉ À CERTAINS RÉSIDENTS DE L'IMMEUBLE, OUBLIEUX DES RÈGLES LES PLUS ÉLÉMENTAIRES DE SAVOIR-VIVRE ET DE BON VOISINAGE, QU'IL EST FORMELLEMENT INTERDIT SOUS PEINE DE POURSUITES DE DÉGRADER LES PARTIES COMMUNES PAR DES INSCRIPTIONS INDÉCENTES À L'ENDROIT DE NOTRE GARDIENNE, QUI CONSERVE TOUT NOTRE RESPECT. LE CONSEIL SYNDICAL SE RÉSERVANT LE DROIT DE DONNER À CETTE AFFAIRE LES SUITES QU'IL CONVIENDRA POUR QUE DE TELS AGISSEMENTS QUI N'HONORENT PAS LEUR(S) AUTEUR(S) CESSENT ET NE SE REPRODUISENT PLUS DANS L'AVENIR.

(Affichette signée du président du conseil syndical, M. TERROIR.)

TE
TRINGLE
CHIENNE

(Graffiti anonyme gravé au burin.)

LE RÉVEIL DE LA NATION

ENCORE
UNE CONCIERGE
« TRINGLÉE » DANS SA LOGE

(En une, sur trois colonnes, avec une photographie de la victime.)

ORDRE DU JOUR
DE L'ASSEMBLÉE EXTRAORDINAIRE
DES COPROPRIÉTAIRES
DU 81, AVENUE DU GÉNÉRAL-CRÉMIEUX
(anciennement, rue des Cailloux-qui-Moussent)

• Sur proposition de Monsieur TERROIR en sa qualité de président du conseil syndical: Présentation et étude des devis commandés auprès de sociétés de nettoyage par Monsieur TERROIR en sa qualité de Président du Conseil Syndical en vue de la réfection des parties communes récemment vandalisées.

• Sur proposition de Monsieur TERROIR en sa qualité de président du conseil syndical: Présentation et étude des devis commandés auprès d'entreprises spécialisées par Monsieur TERROIR, en sa qualité de président du conseil syndical, pour l'installation d'un digicode à l'entrée principale de l'immeuble.

• Sur proposition de Monsieur TERROIR en sa qualité de président du conseil syndical: Mise en vente de la loge de la concierge pour couvrir les frais de réfection des parties communes et l'installation du digicode à l'entrée principale de l'immeuble.

• Sur proposition de monsieur TERROIR en sa qualité de président du conseil syndical: Licenciement de la concierge pour libérer la loge.

• Sur proposition de Madame CHATEL-MORANO: Relever perfidement qu'on finira par le savoir que Monsieur TERROIR est président du conseil syndical. Qu'on risque pas de l'oublier, et qu'accessoirement on s'en bat l'anus sévère que le TERROIR soit tout moite entre les cuisses d'être président de quelque chose. Ajouter qu'il lasserait presque son monde, le Monsieur TERROIR. Conclure que c'est une baudruche pleine de pets. Une outre de suffisance. Un imbécile.

• Sur proposition de Monsieur TERROIR en sa qualité de président du conseil syndical: Suggérer à Madame CHATEL-MORANO de la mettre un peu en veilleuse, de s'écraser, même, avant qu'elle ne s'en prenne une pour lui remettre les idées en place. Lui rappeler la bienséance et la direction de la sortie.

• Sur proposition de Madame CHATEL-MORANO: Traiter d'une voix de tête Monsieur TERROIR de tas de merde, d'emmanché, de glaviot, de burne molle, de paillasse, d'effluve nauséeuse et de maladie de peau. Conclure que c'est un con achevé.

• Sur proposition de Monsieur TERROIR en sa qualité d'homme outragé: Gifler Madame CHATEL-MORANO plus qu'il n'est raisonnable en beuglant des « Ta gueule, salope ! » les yeux exorbités et l'écume aux lèvres.

• Sur proposition de Monsieur BOULIN: Tenter de s'interposer entre Monsieur TERROIR et Madame CHATEL-MORANO.

• Sur proposition de Monsieur TERROIR et de Madame CHATEL-MORANO: Suggérer à Monsieur HOUDART de se faire évaser le fondement par un âne.

• Sur proposition de Monsieur HOUDART: Exiger des excuses.

• Sur proposition de Monsieur TERROIR et de Madame CHATEL-MORANO: Gauler la tête à HOUDART.

• Sur proposition de Monsieur et Madame TOURCOING: Crier très fort.

• Sur proposition de Monsieur HOUDART: Appeler à l'aide.

• Sur proposition de Madame LORIOT: Appeler la police.

• Sur proposition du syndic de copropriété: Déplorer cette situation. La considérer comme inadmissible. Tenter sournoisement de gagner la sortie.

• Mise aux voix des propositions.

L'ÉVÉNEMENT

UNE RÉUNION DE COPROPRIÉTÉ TOURNE AU PUGILAT

(En page intérieure,
à la rubrique « Faits divers », article non signé.)

**LE RÉVEIL
DE LA NATION**

LA POLICE DÉMANTÈLE
UNE BANDE ORGANISÉE
D'ORIGINE ROUMAINE

(En une, sur deux colonnes, avec des photographies
en noir et blanc en pages intérieures.)

L'OPINION

COURSE POURSUITE TRAGIQUE
DANS LA CAPITALE.
TROIS FONCTIONNAIRES DE POLICE
TROUVENT LA MORT
DANS L'EXERCICE DE LEUR FONCTION

(En une, avec une photo poignante des trois policiers.)

RAPPORT DE L'OFFICIER DE POLICE JUDICIAIRE LEQUELLEC JEAN-MARIE

Suite à l'appel téléphonique réceptionné par le standard du commissariat, nous indiquant une violente altercation au cabinet d'un syndic de copropriété situé au 54, avenue De Marsay dans le 16e arrondissement, je décidai de me rendre sur les lieux, accompagné des agents en tenue MORRILLON Gérard, HAUSMANN Serge et CARPONI Michel. Soit, en l'espèce, la quasi-totalité du personnel disponible de notre unité.

Il devait être approximativement 20 h ou 20 h 30.

Nous quittâmes donc le commissariat, ne laissant derrière nous que le standardiste à son poste, pour nous diriger au pas de gymnastique vers le fourgon garé sur le trottoir d'en face. C'est au moment où j'ouvrais la portière, pour prendre place dans l'habitacle aux côtés du chauffeur, que l'agent CARPONI me fit remarquer que le pneu arrière droit de notre véhicule était dégonflé. Après une rapide inspection, qui ne prit que quelques minutes, il parut évident que le pneu en question n'était pas dégonflé mais crevé. J'ordonnai immédiatement de le changer. L'exécution de la manœuvre se révéla plus longue que prévu. Il fallut trouver dans la réserve un pneu compatible avec notre fourgon, puis remettre la main sur le cric ; ensuite, dénicher le mode d'emploi du cric, comprendre le mode d'emploi du cric, activer le cric, déboulonner le pneu crevé dont les écrous étaient grippés qu'il fallut dégripper avant de remplacer le pneu crevé par le pneu de rechange, après avoir péniblement retrouvé les écrous qui s'étaient égarés.

Il devait être à peu près 22 h ou 22 h 30 quand tout cela fut achevé.

C'est alors qu'une querelle éclata entre les agents HAUSMANN et MORRILLON pour savoir qui conduirait le fourgon. L'un soutenant que c'était son tour, l'autre prétendant avec une certaine virulence le contraire. Ils en seraient très certainement venus aux mains si l'agent CARPONI n'était intervenu pour nous signaler que les trois autres pneus étaient également crevés. Compte tenu de la situation, il n'y avait plus qu'une seule solution. Je désignai l'agent CARPONI conducteur, au grand mécontentement des agents HAUSMANN et MORRILLON, contraints de s'installer à l'arrière, et ordonnai à l'agent CARPONI de démarrer sans se soucier des pneus crevés, l'assurant, en prenant place dans l'habitacle, que ça irait très bien comme ça.
C'est ce que je pensais sincèrement.
J'avais tort.
La batterie était morte, m'informa l'agent CARPONI en tentant sans succès et à diverses reprises de lancer le moteur du fourgon.
Que pouvions-nous faire ?
Pousser le fourgon jusqu'à destination en faisant « pin-pon » avec la bouche, comme le suggéra CARPONI avec un petit air narquois ?
Il était sans doute 2h ou 3h du matin, l'agent HAUSMANN s'était évanoui d'épuisement sur la chaussée, abandonnant aux seuls CARPONI et MORRILLON la charge de pousser le fourgon au volant duquel moi-même je n'en pouvais plus de faire « pin-pon » avec la bouche sous les « Ta gueule, connard ! » des riverains, lorsque mon attention fut attirée par un buisson tapi sous une porte cochère. Mes soupçons à son endroit se renforcèrent quand, arrivé à sa hauteur, je le vis maladroitement tenter de s'enfuir en se cognant un peu partout.

Le buisson suspect s'obstinant dans un refus manifeste d'obtempérer à mes injonctions réitérées l'enjoignant de s'arrêter immédiatement et de décliner son identité, la poursuite s'engagea.
Pas dans les meilleures conditions.
La défection de l'agent HAUSMANN fut un handicap, que je tentai de pallier par de puissants « PIN-PON, PIN-PON », pour stimuler les efforts de CARPONI et MORRILLON, encouragements bienvenus mais, hélas, trop souvent couverts par de tonitruants « TA GUEULE, CONNARD ! ».
Par chance, à cette heure, les poubelles sont sorties, ralentissant la progression de notre fugitif qui, dans sa course désordonnée, n'en manquait presque pas une.
À 5 h du matin, nous parvenions enfin à l'appréhender. En haut de la rue de Leangeais, au pied d'un réverbère contre lequel il avait dû, je présume, s'assommer. Sans écouter les mises en garde des agents CARPONI et MORRILLON, je bondis l'arme au poing hors de l'habitacle, tout en continuant à faire « pin-pon » avec la bouche, pour procéder à l'interpellation.
Les premières constations que je pus effectuer confirmèrent ce que je supposais. Le réverbère portant des marques récentes d'un choc violent.
Je constatai également que, dans le buisson, se dissimulaient trois individus, que l'un de ces individus était en possession d'un objet lourd et contondant de type manche de pioche, que le second avait un grand sac, que le troisième était dans le sac une large plaie sur le dessus du crâne, que la rue de Leangeais est pentue, que je n'avais pas serré le frein à main, que le fourgon n'était plus derrière moi, qu'il avait redescendu la rue en emportant les agents CARPONI et MORRILLON pour s'encastrer dans la devanture d'un bureau de tabac après être passé sur le corps de l'agent HAUSMANN.
C'est ainsi que périrent, dans l'exercice de leur devoir, les agents CARPONI, MORRILLON et HAUSMANN.

(Daté et signé à la main, d'une écriture à peine lisible.)

VENDRE-ACHETER-REVENDRE

(Publication gratuite spécialisée dans les petites annonces)

IMMOBILIER

Dans bonne copropriété très bien tenue, espace atypique, idéal premier achat, belle hauteur sous plafond, beaucoup de potentiel, rez-de-chaussée, ancienne loge de gardienne, coup de cœur à saisir. Contact : Monsieur TERROIR – 81, avenue du Général-Crémieux (anciennement, rue des Cailloux-qui-Moussent).

Le code d'accès
à l'immeuble est le :

08 B 59.

(Courrier adressé par le syndic de copropriété
aux résidents du 81, avenue du Général-Crémieux.)

55.

Les travaux sont pratiquement achevés maintenant. Il y a encore quelques ouvriers qui s'activent mollement et sans beaucoup de conviction. Il s'agit surtout de fignoler des détails ou de déblayer ce qui traîne et pourrait encombrer. Ça sent la poussière, l'enduit et le neuf. Des gens viennent visiter les appartements à vendre. Des couples souvent, presque toujours. Parfois, la femme est enceinte ou fait mine de l'être. Généralement, un agent immobilier les accompagne. Madame s'extasiera devant la cuisine spacieuse et dotée de tout le confort moderne avant d'inspecter méticuleusement les commodités en s'inquiétant du nombre de placards disponibles pendant que monsieur, négligemment, fera jouer les poignées de porte ou les interrupteurs avec la moue désabusée d'un professionnel du bâtiment. Se voient déjà propriétaires tous les deux. En rêve, à haute voix, ils décorent les murs. Imaginent le papier peint. Se chamaillent sur la place d'un canapé qu'ils n'ont pas, pas encore, mais qu'ils vont avoir quand ils l'auront acheté dès qu'ils l'auront trouvé. Se réconcilient devant une fenêtre pour des rideaux entrevus la veille. Décident d'un commun accord que la chambre d'enfant, ce sera là, et que le bureau devrait être ici. En partant, ils diront que c'est bien parce que c'est clair, clair et puis calme, et qu'ils vont réfléchir.

De l'ancien hôtel particulier il ne reste rien, que des souvenirs imprécis chez les vieux du quartier.

En face on a repeint les bancs.
C'est assez récent et pas encore sec.

C'est pourquoi ils sont debout.

Simon s'occupe avec un canif. De la pointe, il tente sournoisement de gâcher le digicode du 81. Simon n'aime pas les digicodes. Il regrette l'époque des concierges et celui des graffitis orduriers dans les cages d'escalier. Il a de bons souvenirs à ce sujet. Des souvenirs qu'il garde pour lui et qui le font rire quand il y repense. Il a bien essayé de profiter d'une entrée ou d'une sortie pour forcer un peu le passage, se faufiler, histoire de remettre le couvert, mais on se méfie vite de lui.
Accoudé à un arbre, Ernest mâchonne un reste de mégot. De temps en temps, d'un pas traînant, il va poser un doigt perplexe sur le dossier du banc pour voir, annonce-t-il invariablement, pour voir si c'est sec. Constat fait, il s'en retourne prendre la pose, non sans avoir obligeamment informé l'entourage immédiat que « c'est pas sec, pas encore sec ».
Hélène s'avachit en silence. La voilà par terre, le râble en prise direct avec le trottoir, les jambes bien droites devant elle et très légèrement écartées. Elle doit penser que c'est une position commode pour patienter. Ses gestes sont lents, mesurés au plus juste. Elle ne se déplace plus qu'à l'économie, se restreint au strict nécessaire, se limite à l'indispensable.
En retrait, dilué dans un costume informe, on trouve Marc Balmard.

56.

Aujourd'hui, le fond de l'air s'est sérieusement rafraîchi par rapport à la semaine dernière.
L'automne s'annonce précoce. À mon avis, mais c'est une opinion personnelle que vous n'êtes pas obligé de partager, ça nous promet un hiver rigoureux. J'affirme rien, je pronostique seulement.
Dans la rue les gens remontent leur col de pardessus et pressent le pas sans se soucier des bancs dont la peinture est enfin sèche.

La Municipale tentera bien de les déloger.
Mais ce banc, ils l'ont trop attendu pour l'abandonner.
Maintenant qu'ils y sont, ils comptent bien y rester.

Désormais ce banc, ils ne le quittent quasiment plus. S'ils se lèvent, c'est soit pour aller se soulager contre un arbre, soit parce qu'il se fait froid et qu'il serait judicieux de songer à trouver un réduit acceptable où passer la nuit.
Sauf Hélène.
Elle, c'est sur place qu'elle en écrase.

Pour l'intendance, ils peuvent compter sur les charitables du quartier. Sans grouiller, c'est pas l'article qui fait défaut. Ils se déplacent par deux. Des mères de familles nombreuses qui ont de la religion et du temps libre à perdre entre deux lessives. Elles parlent doucement en dodelinant très légèrement de la mise en pli.
Apportent des restes d'un dîner de la veille et des vêtements auxquels il manque des boutons.
Distillent quelques conseils pratiques et des paroles réconfortantes avant de s'en retourner vers leurs vaisselles respectives.

Ernest les remercie toujours trop. Flagorne. Abdique toute dignité.
Simon se contente de faire remarquer sèchement qu'il n'y a jamais rien à boire.
Balmard reste sobre, poli, mais sobre. Parce que honteux.
Hélène, en général, les insulte en leur montrant son cul.

57.

Ça commence à se remplir, en face. D'où ils sont, sur ce banc qu'ils accaparent, ils ont une position enviable pour observer à loisir les camions de déménageurs. Des rideaux sont apparus aux fenêtres. Et le soir, il y a de la lumière. Les boutiques du rez-de-chaussée sont désormais investies par des commerces avec des devantures qui ne doivent rien au hasard. Un homme s'attarde actuellement devant l'une d'entre elles.
C'est un magasin d'électroménager qui semble particulièrement retenir son attention.
Quelque chose sans doute, dans la vitrine, doit lui faire envie.
L'homme paraît hésiter un moment, avant de se décider.
Enfin, il entre.
Un vendeur affecté vient à sa rencontre.

Il jauge l'homme peu reluisant. Mais n'en laisse rien paraître. Avec un sourire onctueux, il demande si monsieur cherche quelque chose de particulier. Ajoutant, avec un geste significatif de la main, qu'on dispose ici d'un choix important, de gammes complètes, d'articles de qualité, de grandes marques réputées. Avant de conclure qu'il est à son entière disposition

pour tout renseignement utile et informations complémentaires n'oubliant pas de préciser qu'il existait des possibilités de crédit à la consommation très avantageux, de paiements différés, en plusieurs fois, sans frais supplémentaires.
L'homme, assez distraitement, répond au vendeur qu'il aimerait voir les réfrigérateurs qui se trouvent au fond du magasin.
Tout en vantant avec beaucoup d'assurance les mérites des différents modèles, le vendeur entreprit donc d'accompagner jusqu'à ceux-ci Denis Figeac.

Le vil majordome faisait à son tour sa réapparition. Mais avait-il vraiment besoin d'un réfrigérateur ?
Pas vraiment.
Il chercherait surtout à se faire oublier d'une bande d'apaches croisés par inadvertance deux jours plus tôt et qui, depuis, lui coursent le train sans relâche pour lui causer d'un peu près de choses qui font mal et souvent te laissent en travers dans un caniveau, déguisé en fait divers macabre.

C'est que, depuis son retour par Le Havre déguisé en pneu, Denis Figeac collectionne les contentieux. Et pas les petites broutilles qui peuvent se régler à l'amiable, si chacun y met un peu du sien. Non, Denis Figeac s'était plutôt fait une spécialité dans le sérieux, avec le genre de capricieux pas accommodants.

C'est au coin d'une rue, en bas de sa dernière planque en date, que Denis Figeac est tombé sur ceux à qui il doit quelques explications et un paquet de fric. Depuis, il court pour leur échapper. Et ils sont coriaces. Méchants et coriaces. Deux jours qu'il les trimballe. Il a bien failli se faire avoir plusieurs fois. Mais il est malin, le Denis Figeac. Plus de la première jeunesse sans doute. Il commence à traîner la patte sur la distance. Mais il compense par l'expérience et sa connaissance du terrain.
Cette fois il pense avoir semé ces croquignoles.

Ce qu'il n'imaginait pas, en revanche, et qui le surprit désagréablement, c'est de trouver dans le secteur les autres zouaves, vautrés comme des loques sur un banc, en compagnie d'un inconnu.
D'où sa passion soudaine pour l'électroménager.
Et plus précisément pour tout ce qui l'éloigne de la vitrine d'où on pourrait le voir et le reconnaître.

En fin de compte, Denis Figeac se décidera pour un réfrigérateur LOUXOR, 195 litres, deux portes et son compartiment congélateur.
Le vendeur, toujours avenant, le félicitera pour cette acquisition judicieuse, sans manquer de lui signaler que la livraison n'est, hélas, pas comprise dans le prix.
Denis Figeac ne dira rien. Il en a vu d'autres et de bien plus tordues.
Et réglera en espèces.

58.

On retrouvera le soir même les restes de Denis Figeac, éparpillés sur une voie ferrée et plusieurs centaines de mètres.
Son corps étant impossible à identifier, la police conclura logiquement à un suicide.

Simon s'offrira une cuite monumentale avec tout l'argent qu'il retirera de la vente du réfrigérateur LOUXOR.
Il aurait mieux fait de s'abstenir et de placer le pécule sur un livret de caisse d'épargne au lieu de le dilapider dans l'excès de boisson. L'alcool lui a jamais vraiment réussi au Simon.
Une voiture roulant à vive allure le fauchera alors qu'il se soulageait bruyamment de son trop-plein, à quatre pattes au milieu d'un carrefour passant et particulièrement mal éclairé.

Ernest, lui, c'est une vilaine grippe qui l'emportera six mois plus tard.

L'hiver suivant, un hiver pas plus rigoureux qu'un autre, Hélène en profitera pour passer la main et prendre son congé. Sans un mot, pas même un petit râle pour prévenir du départ imminent, elle lâchera la rampe. Elle s'affalera doucement sur le trottoir et y restera le temps de devenir toute dure, tout cadavre.

Et Marc Balmard.

Lui.

Il restera seul.

ÉPILOGUE

Dans la rue, on remarque les robes à fleurs et les tenues légères. Les voitures se sont faites plus rares et moins pressées. Il fait bon. Juste ce qu'il faut pour profiter du soleil qui s'impose depuis le début de la semaine. Si ça se maintient comme ça, nous aurons un beau mois d'août. Pour le moment, c'est encore juillet qui s'étire, qui résiste, presque.
Sur un banc de bois, il y a ce vieil homme.
Il ne semble pas vraiment concerné par ce qui l'entoure.
Il se contente avec les doigts d'extraire d'un emballage en carton les restes d'une pizza, qu'il entreprend avec d'infinies précautions de mâchonner.
On l'a toujours connu sur ce banc.
Il fait partie du quartier.
On imagine difficilement la rue sans lui.
Il manquerait quelque chose.
On saurait pas bien dire quoi.
On cherche pas à savoir.
C'est le Vieux du Banc, et puis voilà tout.

D'autant qu'il est pas pénible.
On l'a jamais vu chercher des histoires.
Il a la misère tranquille et pas bruyante comme certains.

À côté de lui, il y a son petit gobelet en plastique pour les pièces.
Tu donnes, c'est bien.
Tu donnes pas, il dit rien.
Il tend même pas, te relance à peine.
Il est très reposant.
Je crois que les gens du coin l'aiment bien.

Personne ne sait vraiment qui il est. Ou plutôt qui il a été.
Parce que maintenant il n'est plus grand-chose.
Rien qu'un tas de chiffons sales qui fouille les poubelles des autres.
Et qui bouge pas, ou si peu, de son banc de bois.

Pourtant, il a été quelqu'un. Il a eu un nom, et même une vraie vie.
Il a été détective privé, il s'appelait Marc Balmard, et il est sans doute aujourd'hui la dernière personne vivante à avoir été mêlée d'assez près à l'une des affaires les plus retentissantes du siècle.
Une histoire faramineuse que tout le monde a oubliée.
Sauf lui.
Lui, il n'a rien oublié.
Sans doute parce que se souvenir, c'est tout ce qui lui reste.
Alors il entretient en silence.

Il a fini son bout de pizza pas fraîche.
Il est fatigué. Depuis quelques jours, il est tout le temps fatigué.
Une drôle de fatigue. Une fatigue toute molle. Comme une lassitude.

Il voudrait enlever de sa barbe un morceau de quelque chose qui le dérange.
Mais il n'y arrive pas.
Tout son corps semble se dissoudre, se répandre, s'abandonner.
Ses yeux virent au vague.

Et soudain.
Le voilà qui sourit.
Il se raidit, se redresse.
Son regard qui abdiquait s'éclaire de nouveau.

IL A TOUT COMPRIS.
De l'Affaire, il a tout compris.

Il sait qui.
Il sait comment.
Il sait pourquoi.

Et il meurt.

C'est une belle fin.

QUELQUES ÉLÉMENTS COMPLÉMENTAIRES À VERSER AU DOSSIER

ODETTE DE TRÉFOND-TRÉVISE,
née RUBEMPRÉ

Après des débuts prometteurs de danseuse de tango dans les cabarets de Buenos Aires, sous le pseudonyme de Dolores y Dolores y Cordobales, la plus si jeune veuve de feu le pas tant regretté Jean-Jacques de Tréfond-Trévise, née Odette Rubempré, connut une baisse de régime et la dégringolade raide au fond du panier. De la dèche elle devient une intime, finit par la tutoyer familièrement en l'appelant par son petit nom. C'est comme ça que tant est si bien que tout va mal qu'elle, la Odette, atterrit en bout de course sur le trottoir avec rien dans les poches, froid aux pieds, le ventre vide et l'avenir saturé de lendemains qui chantent faux l'air de la misère. Incapable de tendre la main pour mendier son pain, elle préfère tendre son cul et monnaye ses cavités pour se payer le boire qui saoule et le manger qui ne nourrit pas.
Dans ce commerce on vieillit vite, surtout si l'on n'est plus très jeune. En peu de temps, Odette devient une chose malodorante, active comme soute à purée auprès de matelots nonchalants, avides et désargentés. Pour supporter, Odette découvre la drogue et ses paradis artificiels qui lui rongent l'entendement et lui laminent la santé. Pas regardante, elle s'enfile de tout ce qui s'achète sous le manteau, c'est-à-dire n'importe quoi. Un jour de rafle, la mondaine locale s'avise que son permis de séjour est périmé, qu'elle pue trop et l'expulse en direction du pays natal par le premier bateau en partance pour là-bas.

ERNEST CONSTANT

Un qui n'eut pas Chance comme deuxième prénom, c'est Ernest Constant, le valet de chambre de Jean-Jacques de Tréfond-Trévise, l'époux violent de la cuisinière. Qui l'a plaquée pour se mettre en ménage avec une gueuse dont il n'a jamais su le nom, ni le prénom, ni même si elle existait pour de vrai. Ça lui a fait un de ces chocs qui vous font sombrer dans la boisson alcoolique si on est enclin. Mais on ne boit que de l'eau en prison.

Car il est souvent en prison Ernest, presque toujours. Jamais pour bien longtemps mais fréquemment. Pas qu'il fasse grand-chose pour. Mais son activité syndicale lui vaut une attention sourcilleuse de ces messieurs de la Sûreté qui te le mettent sous écrous préventivement dès que la situation sociale fait mine de se tendre.

Si vous avez suivi le début jusqu'ici, vous saisirez sans qu'on vous aide que ce pauvre Constant passe plus de jours et de nuits sans sommeil à l'ombre de quatre murs et une porte solide fermée de l'extérieur et munie d'un œilleton indiscret qu'à se hâler le teint à la terrasse de brasseries bondées de désœuvrés.

LUCILLE CRÉBILLON

L'ex-femme d'Ernest Constant, Lucille Crébillon de son nom de jeune fille, en revanche, profita et prospéra dans son industrie. Elle s'est établie à son compte et a ouvert un restaurant pour noces et banquets, et des chambres d'hôtes avec vue. L'endroit est cossu, le lieu couru et la table réjouit le gourmet aux papilles gustatives délicates. On vient de loin pour se régaler et on en parle autour de soi en bien. Lucille Crébillon est une personnalité départementale à qui l'on donne du Madame Crébillon en ôtant ton chapeau quand tu la croises dans la rue.
Pour le sentiment, lassée des amours saphiques, elle a adopté un chien mort prématurément qu'elle a remplacé par un chat qui dort.

JEAN MORBIUS

Un cas intéressant, Jean Morbius, jardinier, chez qui vous savez avant qu'on ne lui gratte le dos à grands coups de hache.
Quand il ne maniait pas la bêche ou la binette, Jean Morbius s'occupait en étudiant la boucherie-charcuterie par correspondance. Pour faire plaisir à sa maman. Disait-il.
D'une culture générale à peine médiocre, au service zélé d'une prétention et d'une suffisance majuscules, il s'était convaincu très tôt, tout seul, sans l'aide de personne, d'être une intelligence supérieure incomprise.
Pourtant, sa situation sociale, qui oscillait sans cesse entre l'indigence et son synonyme, ne plaidait guère en faveur de cette opinion. Sans parler de sa scolarité calamiteuse. Une succession de brefs passages dans de multiples établissements qui se conclurent, tous, sans exception, par un sévère coup de pied au cul peaufiné par un vidage sec en direction de la sortie.

Il décida d'utiliser son intelligence autrement. En quelques années, il devint, tour à tour et parfois même parallèlement, adepte du Troisième Œil, contempteur du Cristal Cosmogonique, apprenti Templier de la Jérusalem Céleste, adorateur du Grand et du Petit Satan, chevalier de l'Ordre divin de la Lumière et jardinier parce qu'il faut bien gagner sa vie. Il fut ordonné prêtre-pécheur selon les rites sacrés et secrets des Grands Anciens, fut initié à la maîtrise de son « moi solaire » par le jeûne yogi et le yoga, pratiqua la pensée positive transcendantale, éleva son degré de conscience en grignotant des fruits secs et des pépins de pastèque qui le constipèrent avant de découvrir la colique en ne se nourrissant exclusivement que d'aliments crus préalablement reniflés pour développer son karma astral.

Il échoua finalement dans la très mystérieuse et très secrète société des Fils des Soubasky solaires, dont la mission sacrée est de libérer le monde des Vieillards Richissimes Récemment Mariés à de Très Jeunes Femmes aux Tendances Lesbiennes, et Ayant Eu des Rapports Incestueux Avec Un Ou Plusieurs Membres de leur Famille. Cette étrange secte, pour le moins inquiétante, se composait pour l'essentiel d'un membre unique, Jean Morbius, qui cumulait les fonctions de Grand Prêtre, de Guide spirituel, de secrétaire et de trésorier.
Il en avait rédigé les statuts et conçu la doctrine, établi les règles de vie et le montant des cotisations, avait pensé et réfléchi à tout dans les moindres détails et attendait les adhésions en masse qui ne venaient pas.
Ou plutôt qui ne vinrent jamais.
À la première réunion qui fut organisée, dans le caveau désaffecté, mais particulièrement humide, d'un cimetière périphérique, Jean Morbius se retrouva tout seul avec sa cape et son capuchon de cérémonie.
Pendant qu'à l'autre bout de la ville, l'objet sur lequel reposait une grande partie de sa théologie se faisait estourbir sans sa permission. Le privant d'un coup, d'un seul, d'une vengeance mûrement réfléchie, de sa mission sacrée et de son unique source de revenu.
Pour faire plaisir à sa maman, il se remit à étudier la boucherie-charcuterie. Par correspondance.

Pour gagner sa vie et payer les cours, il fit tous les métiers les plus salissants et les plus pénibles. Le jour durant et jusqu'à tard, il usinait en essayant de pas trop ramener sa science occulte, et le soir, fourbu, dans sa pauvre chambre de bonne, un bol de soupe claire avalée, allongé sur son grabat, en pensant à sa mère qui allait être fière de son fils, il se replongeait dans l'étude aride mais combien enivrante de la boucherie-charcuterie.

Et c'est le drame.
La tragédie.
D'abord, sa mère, sa maman chérie qui meurt. Renversée, alors qu'elle s'en revenait d'aller chercher du pain, par une voiture automobile de police lancée à pleine vitesse, fauchée par une seconde voiture automobile de police qui suivait la précédente, écrasée par une troisième, traînée mourante sur plusieurs mètres par une quatrième, pulvérisée par la suite du convoi qui lui passa sur le corps toutes sirènes hurlantes avant de se caramboler les unes contre les autres et la dépouille maternelle au milieu. L'explosion qui suivit se contentant pour sa part d'éparpiller aux quatre coins de l'agglomération les restes de la pauvre femme, la privant irrémédiablement d'obsèques. À moins de s'armer de beaucoup de patience et d'un aspirateur. Sans compter le risque réel de déposer dans le caveau de famille un morceau d'inconnu ou, pire, un résidu de pigeon.
Ensuite, la République qui s'effondre et la Restauration qui s'instaure avec les conséquences funestes que l'on sait sur le courrier en général et les cours par correspondance en particulier.
Sans sa maman et sa boucherie-charcuterie, Jean Morbius se retrouva seul avec sa peine.
Enragé par ces coups du destin, il s'engagea à fond dans la résistance républicaine à l'usurpateur monarchiste.
Rompu à la clandestinité par des années de pratique des sociétés secrètes, il parvient rapidement à mettre sur pied un réseau d'activistes déterminés. Mais, tout aussi vite, son autorité est contestée au sein de l'organisation. Certains remettent ouvertement en cause ses options stratégiques et préfèrent la pose de bombes sur les voies ferrées à l'envoûtement et au maraboutage,

dont l'efficacité reste, selon eux, sujette à caution. D'autres, pas toujours les mêmes, trouvent l'usage de la cape ridicule et qu'avec la cagoule, qui gratte en plus, on y voit presque rien, qu'on se les gèle dans cette cave qui sent l'urine. Jean Morbius objecte que c'est pas une cave, mais une crypte.
En vain. De dissensions en scissions, il ne resta finalement aux côtés de Jean Morbius, qui avait pris comme nom de guerre Abatorus, qu'un bouc prévu pour un sacrifice.

Le retour du Roi sans cesse reporté lui fournit une occasion inespérée qu'il saura saisir. Il parvient habilement à convaincre un groupe de philatélistes aux abois de frapper un grand coup. Il faut que le sang de l'ennemi coule.

Une tête va tomber, une tête de renégat : celle de Denis Figeac. Ce mondain qui se goberge et fait le fier depuis qu'il s'est vendu aux monarchistes, ce mange-merde qui pisse, pète, chie, se torche dans la soie et le satin en se pavanant aux bras de roulures vulgasses dans des automobiles décapotables avec chauffeur pendant que le pauvre peuple souffre, entassé dans des trains bondés de banlieue qui n'arrivent jamais à l'heure.

Denis Figeac, qui a eu vent de l'affaire par un de ses innombrables mouchards, prend les mesures de sécurité qui s'imposent en changeant de chien tous les jours.
Le complot échoue.

Jean Morbius doit rendre des comptes à ses compagnons de lutte qui lui reprochent ses négligences coupables, son autoritarisme, les capes ridicules, les cagoules qui grattent et la cave qui pue. Sommé de s'expliquer, ses arguments ne convainquent guère.
Il se défend mal.
Il est déchu de ses fonctions à la majorité des voix.
Il conteste, exige que les bulletins soient recomptés.

Il lui est répondu que la motion a été adoptée à main levée.
Il s'emporte et obtient, après une crise de nerfs qui s'achève dans les larmes, un second vote.
Il est déchu de ses fonctions à une écrasante majorité.
Il explose, éructe, s'étrangle, insulte tout le monde la bave aux lèvres, le geste menaçant, pisse par terre et se roule dedans en vociférant des insanités.
À la majorité absolue, il est exclu de l'Organisation et prié de quitter les lieux dans les plus brefs délais.
Il refuse, sanglote qu'il veut pas, qu'ils ont pas le droit. Il s'accroche, s'agrippe. On lui tape dessus pour qu'il lâche ce qu'il tient fermement et qui semble être la jambe de quelqu'un. À force de coups, il cède, mais n'en continue pas moins de beugler qu'il veut pas, qu'ils ont pas le droit. À plusieurs, ils se le prennent à bout de bras et te le traînent dehors dans la rue où ils le jettent.

Le jour se lève.
Jean Morbius, après avoir bien marché, trouve refuge dans une petite église d'arrondissement. Il tombe à genoux, d'épuisement. Par chance, il se reçoit sur un prie-Dieu.
Et il s'endort.
Trois jours.
Il dort comme ça trois jours pleins dans cette position. Les rotules calées au prie-Dieu, la gueule dans un missel.
Impressionné par ce qu'il pense être l'expression saisissante d'une ferveur religieuse exceptionnelle, monsieur le curé ordonne de ne point troubler, sous aucun prétexte, cet homme en prière.

Mais la République, qui n'a pas dit son dernier mot, renaît à ce moment de ses cendres.
L'église est investie par les forces de l'ordre, alertées par une lettre de dénonciation anonyme signée du bedeau qui accuse

explicitement le prêtre et le sacristain d'être à la tête d'un important trafic d'armes. Ce qui se révèle totalement véridique lors de la perquisition.

Le bedeau aura voulu se venger de ses anciens complices, qu'il soupçonnait de le gruger lors du partage des bénéfices de leur coupable industrie en profitant outrageusement de ses faiblesses en calcul.

Une fusillade éclate.

Le prêtre toujours en soutane et le sacristain encore en pantoufles vendent chèrement leur peau et tirent dans le tas.

Le bedeau tombe, mortellement blessé, et meurt au pied d'un bénitier.

Jean Morbius en profite pour mettre la main sur une partie du magot et parvient à foutre le camp le plus loin possible.

Avec cet argent, il ouvre sa boucherie-charcuterie en pensant à sa mère.

Il va pouvoir, enfin, c'est pas trop tôt, profiter de son enseignement et le mettre en pratique.

Pas longtemps.

Cela fait pas quinze jours qu'il s'est installé que la police rapplique, rapport aux plaintes qui donnent lieu à une enquête dans le cadre de l'ouverture d'une information judiciaire.

On aurait retrouvé dans ses pâtés et ses rôtis des restes humains.

Jean Morbius ne comprend pas.

Ne s'explique pas.

Clame son innocence.

Et fait de grands gestes de dénégation avec ses moignons.

JULIEN PAIROT

Ce qui subsistait du nain nerveux Julien Pairot le faisait à l'abri du vent sous une porte cochère, la main tendue en direction des passants et de leur porte-monnaie. Il avait fini par quitter l'hôpital après beaucoup trop de temps passé entre la vie et la mort, et deux draps propres.

Il regrette, encore aujourd'hui, les draps propres, quand il y repense.

Ce qui arrive peu souvent.

Julien Pairot évite de repenser.

Il évite de penser.

Julien tend juste la main.

Et puis c'est presque tout.

SIMON DE TRÉFOND-TRÉVISE

La Restauration, Simon de Tréfond-Trévise avait vu la chose venir et s'installer comme de la bonne aubaine.
Il se précipita là où il fallait se ruer pour en être et en avoir et où il fut servi.
C'est ainsi qu'on lui attribua, par la grâce de son nom, un poste subalterne qui était à pourvoir dans l'entourage de l'un des très nombreux ministres des Finances qui attendaient le Roi qui n'arrivait pas.
Il s'acquitta de sa tâche avec une ardeur et un zèle consciencieux, d'autant plus méritoires qu'aucune des personnes qu'il avait pris soin d'interroger sur le sujet ne put lui expliquer précisément en quoi consistait son travail.
Quand on daignait répondre à ses questions.
Qu'il finit par ne plus poser.
Pour se consacrer tout entier à son activité du moment.

Et voilà que.
Un soir.
Lors d'un bal.
Ou plutôt.
À l'occasion d'un bal.
C'est mieux comme ça, et je crois que je préfère.
Donc.
Un soir, à l'occasion d'un bal donné par quelqu'un d'important en l'honneur de quelqu'un d'autre d'un peu plus important et où il était convié, Simon de Tréfond-Trévise, entre deux petits fours,

reconnaît, au milieu des convives qui se gobergent un verre de vin de Champagne à la main et la bouche pleine. Devinez quoi ? Devinez qui ?

L'homme en l'honneur de qui est donné le bal : Denis Figeac !

Pas de méprise possible et le doute n'est pas permis, c'est bien cette fripouille de Figeac, son ancien associé. Quand bien même ce dernier des derniers a pris soin, pour tromper son monde, de s'affubler d'une fausse particule.

Simon est pressé de rentrer chez lui, à peine arrivé, sans prendre le temps d'enlever son pardessus froissé, il s'attaque à la rédaction d'une série de lettres vengeresses, particulièrement virulentes et franchement anonymes, à l'attention du Roi pour quand il sera là, de la presse pour qu'elle sache, de la police pour qu'elle sévisse, enfin, aux ministres pour se faire bien voir.

Et poste le tout.

La réaction ne se fait pas attendre.

Dès que les lettres en question sont parvenues à leurs destinataires, qui en prirent connaissance avec tout l'intérêt que l'on imagine, une escouade de policiers en civil et en uniforme est diligentée au domicile particulier de Simon de Tréfond-Trévise avec ordre de s'assurer de sa personne à coups de matraque.

Simon s'échappe de justesse en s'enfuyant par les toits, après avoir bondi à travers une fenêtre presque fermée donnant sur un balcon fleuri qui lui permet d'atteindre une gouttière assez solide pour qu'il l'escalade et de parvenir là où il se trouve, entre deux cheminées.

En reprenant son souffle tout en s'épongeant le front, Simon songe que, pour les lettres anonymes, dorénavant, il évitera, autant que faire se peut, le papier à en-tête.

Des coups de feux éclatent.

Les balles sifflent aux oreilles de Simon.

Il est découvert.

Simon court, fuit, bondit d'un toit à l'autre, glisse, se rattrape, se redresse, court. Derrière lui, ça hurle des ordres et des jurons, crie de s'arrêter, de se rendre, tire au juger sans sommations, dérape, tombe, s'écrase plus bas.
Simon parvient à semer ses poursuivants.
Épuisé, il trouve un refuge providentiel chez une très vieille dame qui accepte charitablement de le cacher chez elle et même de lui confier la totalité de ses économies, après qu'il lui a expliqué la situation, qu'il l'a attachée au radiateur du salon, qu'il l'a frappée sauvagement à coups de marteau.
Après tous ces après, Simon entreprend la rédaction d'une série de lettres anonymes à l'attention des mêmes que la fois précédente, plus quelques autres. En évitant soigneusement le papier à en-tête.
Il s'applique, Simon, dans sa prose acerbe et fielleuse, mêlant opportunément les menaces à peine voilées aux insultes graveleuses. Le tout écrit avec rien que des majuscules en lettres bâtons, comme les tout-petits, et de la main gauche dans une moufle, parce que Simon est droitier et prudent.

Puis il se cache. Brouille les pistes. Il loge dans des chambres d'hôtel, jamais deux fois de suite dans la même.
Il change de nom, d'apparence et de sous-vêtements.

Concomitamment, il parvient à prendre contact avec un membre d'un réseau de la Résistance républicaine.
Une rencontre est organisée, avec toute la discrétion requise, dans un bar anonyme de la toute proche banlieue. Bar tellement anonyme qu'il n'a toujours pas de nom puisque encore en travaux et que l'enseigne qui devrait orner la devanture n'a pas été livrée ni même commandée.
C'est donc sur un chantier encombré de gravats et d'ouvriers qui font la pause déjeuner, que se retrouvent Simon et son contact.

Simon en vient vite au fait.
Il a des informations aussi capitales que précieuses à transmettre à la Résistance, sur l'un des dignitaires les plus en vue et les mieux en cour du régime : DENIS FIGEAC.
Denis « de » Figeac.
Simon sait que cette boursouflure, cette sacoche à vomi, avec sa particule de clown triste, cette bouse molle, a un chien.
Qu'il promène.
Chaque jour.
Au bout d'une laisse.

Quel genre de chien exactement, au bout de quelle sorte de laisse ?
Simon, hélas, l'ignore et n'est plus en mesure d'en savoir davantage, sa situation de proscrit activement recherché le lui interdit.

N'ayant plus rien d'intéressant à se dire, les deux hommes se quittent bons amis avant l'arrivée de la police qui s'annonce.

Simon de Tréfond-Trévise n'a plus grand-chose à lui et le tout tient sans peine dans cette valise en carton bouilli qu'il traîne dans la nuit. Il ne sait pas bien où aller maintenant.
Sur le chemin retour, Simon fait provision, du talon jusqu'au bout de la semelle, d'une abondante collection d'étrons canins, d'une diversité proprement confondante tant par la texture que par la consistance, avant de buter violemment contre un tas de choses en guenilles, vautré à même le sol, qui lui fait perdre l'équilibre, le fait tomber à la renverse, la tête la première, et s'affaler lourdement sur le trottoir, sa valise dans une main, un juron aux lèvres et du caca plein les godasses.
Simon se fait mal.
Ne voyant pas dans l'immédiat l'intérêt qu'il y aurait pour lui à rester dans cette position, il décide de se relever. À cet instant, à l'instant où il se relève, le machin en haillons cause.

Il devient évident qu'il y a du monde sous ces oripeaux couverts de crasse.
Devait dormir ou cuver avant le tamponnage.
S'est réveillé.
Et interpelle Simon par son nom de famille, en y adjoignant « connard » pour conclure.
Assurément, ce grabat tout en loques a la prétention de le connaître en intime.
Simon s'emploie à faire la leçon au monticule d'ordures pour lui apprendre à connaître Simon de Tréfond-Trévise et une clef anglaise en fonte qui traînait par là. Comme ça, après, des fois que l'occasion se représente, il saura de quoi il parle. Si jamais il arrive à articuler correctement de nouveau, après.
Simon arme son bras pour frapper.
La clef anglaise va s'abattre et la fonte faire son office.
C'est alors.
Que des oripeaux souillés émerge une tête.
La tête se tourne vers Simon.
Une tête qui lui est familière.
Julien Pairot!

Non, ce n'est pas lui.
C'est Odette de Rubempré, l'ex-jeune veuve de feu son oncle Jean-Jacques de Tréfond-Trévise, sa tante presque et, dans une certaine mesure, sa belle-mère. L'ancienne danseuse de music-hall des antipodes reconvertie dans la prostitution bas de gamme, présentement rapatriée sanitaire, pas au mieux de sa forme, la tronche dans le cambouis et qui là, tout de suite, vient de s'étouffer une arrivée de clef anglaise qu'elle ne se souvient pas d'avoir réclamée à son neveu.
Sa gracieuseté tout en fonte livrée avec les politesses d'usage, Simon fait celui qui s'en va, mais au moment de ramasser son bagage pour y replacer sa clef anglaise, une idée lui vient dont il désire faire part à sa tante.

Pourquoi ne pas rentabiliser, dans la mesure du possible, cette rencontre fortuite ?
Simon revient sur ses pas et s'essuie consciencieusement ses grolles ourlées de merde sur l'agrégat de défroques d'Odette et lui propose le marché suivant : ou elle accepte de mendier pour lui et c'est la promesse d'une absence totale de clef anglaise, ou elle a l'outrecuidance d'ébaucher une tentative de refus et c'est la certitude de mendier pour lui quand même, mais au son de la fonte.
Odette gargouille quelque chose que Simon consent à tenir pour un acquiescement.

Odette se révèle nulle dans le mendicotage. Simon a beau se démener pour lui dégotter les meilleurs emplacements dans les meilleurs quartiers en lui éliminant la concurrence à la clef anglaise. Même à la sortie des églises le dimanche, elle fait rien que bredouille.
Fortuitement, par l'intermédiaire de leur logeuse obèse et sans vergogne dont il est devenu l'amant régulier, Simon apprend que des friqués comblés de pognon sont prêts à lâcher de grosses coupures pour un tour de manège avec du spécial, du hors commerce, sur commande uniquement. Ces richards, qui ne savent plus comment occuper leurs loisirs, ni se soulager la tirelire, raffolent, les furieux, sans regarder à la dépense, des cassées par les années, la maladie, la vie, des culs en forme de dépôt de bilan, des ventres éparpillés sur les genoux, des toisons pelées avec la boîte à bite qui tire la langue et les tétines oubliées sous des aisselles pas lavées depuis si longtemps que la propriétaire se souvient même plus quelle odeur ça peut avoir le propre.
Odette, sous la férule de Simon, reprend du service chez mon cul et ses trous.
Le succès, que rien ne vient démentir, est au rendez-vous.
Simon engrange le bénéfice copieux, prestement converti dans une garde-robe éloquente dont il n'est pas peu fier. Qu'il exhibe

plus qu'il ne porte, avec une indéniable arrogance canaille sous un nom d'emprunt tonitruant directement inspiré de son activité récente de souteneur qu'il exerce avec le bonheur que l'on sait.
Il a déménagé pour emménager pas très loin, mais dans mieux, plus grand, plus propre, plus en rapport avec son nouveau standing.
Il a rompu avec sa ventripue de logeuse mais, en homme du monde, en homme d'affaires avisé, garde des liens étroits avec elle et sa graisse.

Dédé la Fonte-à-l'anglaise a récupéré pour rien le garni, qu'il a transformé, sans y changer grand-chose, en maison de passe. Y a placé, dans les étages, son ex-logeuse et ses bourrelets extravertis en compagnie d'autres besogneuses de la burne, des déglinguées stupéfiantes, ramassées entre la misère et le désespoir. Odette est l'attraction principale, la plus recherchée, de cette foire aux bestiaux éplorés.

C'est en revenant assez tard à pied d'une partie de cartes avec d'autres messieurs que tout bascule.
Alors qu'il marche paisiblement en mettant un pied devant l'autre, il est assommé, un coup violent, reçu par derrière. Il s'effondre, presque sans connaissance, et se fait dépouiller intégralement de tout ce qu'il a sur lui.
C'est dans cet état, dans cette tenue, bavant sa douleur au caniveau, la raie du cul et les touffes prenant le frais, qu'il est repéré puis appréhendé par une patrouille de police. Menotté vite fait avant d'être dirigé vers la prison la plus proche où il est incarcéré sans autre forme de procès.

Pour exhibitionnisme et outrage aux bonnes mœurs.

Enfin, la Monarchie tombe et la République monte dessus pour reprendre sa place.
La liesse est populaire et l'amnistie, décrétée.
Simon profite d'un élargissement anticipé bienvenu quoique, dans son cas, la remise de peine soit d'une portée si limitée qu'elle touche au symbolique, puisqu'il devait, de toute façon, être libéré le lendemain.
Simon retourne, presque malgré lui, jusqu'aux portes de la Capitale, vers son garni et Odette.
Pense-t-il.
Du garni il ne reste rien et Odette a disparu. C'est devant un terrain vague occupé par la boue que se retrouve Simon.
Un panneau lui apprend que le chantier est interdit au public, un autre l'informe qu'à cet emplacement bientôt s'élèvera un ensemble résidentiel de qualité comprenant tout le confort moderne ainsi qu'une aire de jeux arborée et des places de stationnement pour voitures automobiles. Il est également fait mention de commerces en rez-de-chaussée donnant sur rue.
Simon reste là, un long moment, immobile, sans rien dire, sans rien faire, pensant peu. Enfin il se dit que.
Qu'il a froid aux pieds.
La pluie s'est arrêtée.
Il pleuvait.
Simon s'en va.

JÉRÉMIE CORNÉLION

Jérémie Cornélion se serait fait, dit-on, quincaillier et serait sur le point de se marier.
Mais on raconte, également, qu'il serait mort dévoré par un alligator. Certains affirment, au contraire, qu'il serait mort dévoré par un caïman. D'autres, encore, soutiennent qu'il serait mort dévoré par un crocodile. Qui croire ?
Quoi qu'il en soit, les bans ont été légalement publiés.
Et la quincaillerie est fermée le lundi toute la journée.

DENIS FIGEAC

Le Havre a son port et le port a ses quais. Au numéro 8 se trouve un cargo, arrivé la veille au soir, en provenance de Cayenne, le KARABOUTJAN, dont on achève le déchargement. La plus grande partie de sa cargaison a été remisée dans les entrepôts que vous voyez là-bas.
Le reste a pris le chemin de la gare ferroviaire, où l'attendait un train de marchandises à destination de Paris.
Là, des camions automobiles en prirent livraison pour le convoyer, ce reste, jusqu'à l'aéroport du Bourget en pleine effervescence.
Tandis que les haut-parleurs annoncent en crachotant que l'avion de Sa Majesté le Roi accuserait un retard prévisible de quelques heures, suite à des conditions météorologiques défavorables, des manutentionnaires fébriles s'activent autour des camions. On emporte tout ce qu'ils contenaient, essentiellement des caisses avec des choses marquées dessus, pour les stocker dans un hangar.

Les camions sont repartis.
Les manutentionnaires fébriles aussi.

Dans l'une de ces caisses.
La tête en bas.
Le menton entre les talons.
Et des lombaires qui rêvent d'un peu d'aisance.
Il y a Denis Figeac.

Comme c'est pas le genre de particulier à attendre sagement à l'exigu de l'hypothétique pour améliorer son quotidien, il parvient à s'extraire tout seul de sa boîte.
Passé la porte du hangar où il ne s'éternise pas, c'est un vaste bordel repeint aux couleurs vives du merdier intégral qui l'accueille, avec des gens bruyants qui courent partout dans tous les sens en s'agitant inutilement.
Les haut-parleurs diffusent un nouveau communiqué informant de l'absence regrettable de Roi dans l'avion qui vient tout juste de se poser.
Avec cette malice qui sert communément d'intelligence aux délinquants, Figeac se fait très vite une idée exacte de la situation et du profit qu'il peut en tirer.
En monsieur pressé d'arriver pour en finir, Figeac se dirige vers l'aérodrome et son hall en profitant de la confusion qui règne chez ceux qui se bousculent pour les soulager de leurs portefeuilles, quand ils sont bien gras, et de leurs montres, quand celles-ci sont en or et à l'heure.
Arrivé dans le hall, il repère les cabines téléphoniques.
S'installe dans l'une d'elles.
Gicle à coups de taloches le crétin qui s'y trouvait.
Referme la porte vitrée derrière lui.
Décroche le combiné mural, patiente, obtient une opératrice, à qui il demande à être mis en relation avec un numéro qu'il donne, la communication est établie rapidement : dans l'écouteur Figeac entend les sonneries qui résonnent, puis une voix qui dit « allô », Figeac commence à insérer là où il faut la monnaie nécessaire.
Figeac écoute peu son interlocuteur et parle surtout.
Figeac parle comme on commande pour être obéi.
Depuis qu'il est de la cavale, après quelques arnaques pas malheureuses pour lui, mais qui causèrent du désagrément à certains, Figeac s'est fait des amitiés utiles chez les interlopes fâchés avec le légal.

En Suisse par exemple.
À Genève précisément.

Figeac dit à celui qui l'écoute que voilà l'affaire, qu'il y a un gars, à Genève, à l'aéroport, Figeac dit le nom du gars, que c'est pas un finaud, qu'il est tout juste roi, qu'il a pas fait exprès comme souvent avec les rois quand ils le deviennent, c'est toujours un peu par hasard, que ce roi c'est le Roi, de France, c'est ce qu'il croit, il a raison, ça nous arrange, il a loupé son avion pour Paris, excellent, il est encore à Genève, parfait, c'est là que tu interviens, il faut qu'on me le soigne cette truffe aimable, IL NE DOIT PAS ARRIVER EN FRANCE, sous aucun prétexte, pas de vilain avec lui, pas de chagrin, ni de plaies, ni de bosses, en douceur, tu nous l'envoies loin se perdre ailleurs, là où tu sais des gens capables, sûrs, qui nous le baladeront, ça ne devrait pas poser de problème insurmontable, c'est un Roi, donc, déjà, à la base, un risible qui s'ignore, tu vois ce qu'il te reste à faire avec ce nigaud splendide, je te fais confiance, dans une certaine mesure, je te tiendrai au courant, tu me tiendras au courant, comme ça on se tiendra au courant, maintenant je te laisse, on m'attend sans le savoir encore et je n'aime pas me faire désirer.
Sur ce, il raccroche le combiné et quitte la cabine.

Pour réapparaître aux côtés des officiels désappointés par l'absence du Roi qu'ils étaient venus accueillir en fanfare à sa descente d'avion.
Figeac semble très à l'aise avec tout le monde et s'entretient gravement avec chacun. Vous ne sauriez pas, vous penseriez qu'il est des leurs.
En chemin, Figeac a pris soin de faire un brin de toilette et de se changer en empruntant au gré de ses rencontres fortuites ; là un pantalon à pinces, ici une chemise empesée, plus loin une chaussette, plus loin encore une paire de chaussures, ensuite une veste croisée, une autre chaussette pour aller avec la précédente, un

pardessus, un chapeau taupé, une canne en jonc, un mouchoir de soie, une écharpe, de soie également, un journal froissé, un monocle, des gants en pécari, des préservatifs, du parfum, un chien de compagnie et de petite taille, un rasoir de sécurité vendu sous l'appellation de «binette», du savon à barbe, une serviette-éponge, un caleçon mi-long, un tricot de corps, une Légion d'honneur, une gifle d'une dame qui se méprend sur ses intentions.

Mais la toilette ne fait pas l'homme du monde, même si ça te déblaye le terrain pour avancer. Encore faut-il savoir la porter avec l'art du bien causer en société et les bonnes manières qui font la différence. Sinon tu passes tout juste pour l'endimanché engoncé dans un costume de location pas fait pour lui, le parvenu arrivé par inadvertance, l'égaré loin de chez lui dont la présence désoblige, le déplacé, la faute de goût, l'erreur incrustée qui agace.
Figeac, lui, sait.
Il connaît tout ça par cœur pour avoir pratiqué.
Il a fréquenté.
Il a été majordome.
Et pas n'importe où, chez n'importe qui. Chez Jean-Jacques de Tréfond-Trévise, il a fait le majordome, le Figeac.

C'est tout minot qu'il est entré, Figeac, au service des Tréfond-Trévise, du temps où les vieux étaient encore à peu près de ce monde et Hélène déjà plus là. Il commence aux écuries par se faire du muscle, un balai à charrier la crotte entre les mains. Ainsi débute son ascension sociale par l'escalier de service. Des communs à récurer, il passe à l'office où c'est pas la besogne ingrate qui manque pour occuper l'adolescent dégourdi qu'il a fini par devenir, Figeac, que tout le monde appelle encore Denis. Des cuisines, on accède aux salons par un couloir étroit, mal éclairé, de quelques mètres à peine, que l'on traverse en trois

pas. Distance ridicule que Figeac mettra des années à franchir. Une livrée de valet sur le dos.
Valet de pied, valet de maître. Toujours qu'un prénom pour répondre quand on le sonne. Pas mieux payé, ni mieux loti, mais des chaussures vernies du plus bel effet qui lui font mal aux pieds et une chemise propre qu'on lui change quand elle est trop sale.
Un valet, fonction oblige, ça va, ça vient partout. Ça entend tout et voit le reste. Denis fait son profit et son éducation mondaine. Observe, retient, note pour plus tard. Il commence à côtoyer le beau linge qui sent bon jusque sous les bras et fait envie.
De l'envie sans espoir.
Faut pas rêver au-dessus de ses moyens, c'est pas bon, on dort mal d'un sommeil agité pour se réveiller à regret le matin avec une haleine de fromage et une tête en chiffons froissés. Aussi Denis ne rêve pas. C'est un pragmatique qui concrétise.
À force de travail, d'abnégation servile, de rouerie veule, de bassesses extraordinaires, il se rend indispensable, attire sur sa personne l'éloge patronal et la rancœur de la domesticité subalterne, il dénonce ses rivaux, organise des cabales, supplante, circonvient, parvient majordome.
Il n'y a plus que le maître de maison pour lui donner encore du Denis. Pour tous les autres, avec votre permission, ce sera Figeac.

Pour information, les vieux ne sont plus et Hélène est loin d'être revenue.

Majordome, me direz-vous, c'est peut-être bien pour un ancien garçon d'écurie, déjà mieux que valet. Mais pour tâter en propriétaire au luxe convoité, c'est un peu court.
Très juste et finement observé.
Figeac en a conscience. Majordome, c'est pas le final qu'il s'est

choisi. Il voit plus loin, vise plus haut. En majordome il prend son élan.
Situation parfaite que celle de majordome pour se familiariser avec la haute. Place idéale pour un avide de savoir qui possède quoi et le range où.
C'était là, la combine gagnante mise au point sur pied par Figeac. Qui en majordome stylé se trouvait averti en premier des loges à réserver à l'opéra, s'occupait du plan de table de soupers qui finissaient tard, faisait porter les invitations, en réceptionnait autant. Ne pouvait ignorer quand Monsieur Untel et Madame s'absentaient de leur hôtel particulier pour aller se divertir chez Monsieur de Tréfond-Trévise. Et à quelle heure prévisible ils rentreraient pour trouver leur demeure dévastée après visite.
Figeac sait les bijoux, et qui les a payés et combien, et où se trouve l'escalier de service qui mène à la porte dérobée.
Figeac sait tout et compte bien le mettre à profit.
Il repère le coup à réaliser, planifie l'opération, puis négocie les renseignements accumulés à du monte-en-l'air qui se charge de la corvée.
Il n'y a plus qu'à toucher le pourcentage.
C'est du cousu main bien ficelé.
Du papier musique sans fausse note.
Du nanan.
Aucun risque de se retrouver sans lacets ni cravate entre deux gendarmes qui pousseraient la curiosité professionnelle jusqu'à la brutalité. Précautionneux, Figeac ne balance son érudition à la pègre que sous un faux nom, un faux nez et une fausse barbe. Et ça rapporte assez gros pour que tout le monde s'en trouve content et ait envie de recommencer aux mêmes conditions que la fois précédente.

Entre-temps, Figeac aura engagé Hélène comme chauffeur.

La vie continue.

Figeac amasse méthodiquement le produit des larcins qu'il commandite en attendant le gros lot définitif qui viendrait faire la clôture. Ensuite, fermer boutique, plier bagage, et les Amériques pour la belle vie, la vraie, celle qui vaut quelque chose parce qu'elle a un prix que tu peux payer si tu as de quoi, si tu as beaucoup, et même plus, et même trop. Quoique trop, ce ne soit jamais assez.

C'est alors qu'il pensait l'avoir levé, ce coup fumant qui mettrait un terme à son état de larbin, que tout à trac, sans prévenir son monde, un mariole, un inconnu, un sans-gêne, lui liquide le père Jean-Jacques de Machin de mes Couilles, lui fusillant en simultané sa couverture d'honnête homme. Lui saccage son commerce, lui piétine ses espérances.
Il l'a mauvaise, Figeac. Le connaît pas ce bourrin merdeux qui estourbit son prochain sans se soucier des tracasseries qu'il occasionne. Le connaît pas mais aimerait faire sa connaissance. Lui ferait pleurer des larmes de sang. Lui apprendrait le remords par la douleur. Le convertirait au repentir sincère avant de l'achever.

Il aurait pu reprendre son industrie dans une autre maison, selon les mêmes principes qui lui avaient si bien réussi. Mais quand vous êtes allongé sur la liste de ceux que l'on suspecte très fort d'avoir réduit en cadavre votre patron, les propositions d'embauche se bousculent si peu qu'il n'y en a pour ainsi dire pas. Même si vous revoyez à la baisse vos prétentions financières et faites l'arrangeant pour les heures de service supplémentaires ou les jours chômés.
Le patronat dans son ensemble est frileux dès qu'il s'agit de sa santé ou de son intégrité physique.

Figeac ne retrouvant pas d'emploi à sa mesure vire escroc, arnaqueur et fripouille.
Monte des affaires douteuses et se tire avec la caisse.

Pigeonne le crédule.
Embobine le candide.
Et finit dans les petits papiers de la police.

Figeac se fond au milieu des officiels qui attendent inutilement en plein vent ce roi qui ne vient pas. Il est dans son élément. Il en manie les règles et les usages comme s'ils étaient les siens propres. Il fraye si bien, avec tant d'aisance naturelle, qu'on ne le remarque pas. Ce qui ne veut pas dire qu'on n'y prête pas attention. Bien au contraire. Il est écouté avec tout l'intérêt nécessaire. Sa Légion d'honneur et sa diction rassurent l'assemblée désemparée. Il a cité à bon escient des noms qui sont autant de mots de passe. Il parle, en intime, de Monsieur de M***, se flatte de l'amitié de Madame de Q***, rappelle au bon moment le sinistre qui ravagea l'hôtel particulier de la Comtesse d'A***.
Insidieux, Figeac s'immisce.
Habile et venimeux, il parvient à convaincre les plus suffisants de ces messieurs d'abandonner, aux soins des moins dégourdis, le privilège d'attendre le Roi, pour s'en aller prendre ce qu'il y a à ramasser. Il n'y a qu'à se baisser. C'est par terre, ça traîne, ça pourrait faire désordre, pourquoi gâcher ? Autant se servir largement, ce sera toujours du souci en moins pour Sa Majesté.

Et le rideau tombe sur Denis Figeac qui vous salue bien bas et vous tire sa révérence. Entre en scène, sous vos applaudissements que j'espère nourris, Monsieur Denis « de » Figeac.

Pendant que les abandonnés du Bourget, en vain, se lustrent la patience, en soupirant après un Roi qu'ils ne sont pas près de voir venir, Figeac, avec sa particule, en compagnie rince et essore. Le buffet est dressé, l'heure de la bonne soupe a sonné. C'est celui qui en prendra beaucoup qui en aura le plus. À ce jeu, d'emblée, « de » Figeac s'impose, tant il est facile de paraître grand quand tout le monde est à quatre pattes sous la table.

De la Monarchie restaurée sans roi, l'ancien majordome devient un incontournable sans qui rien ne se fait.
Une influence qui prend de l'ampleur.
C'est qu'il a bonne mémoire, et ce qu'il pourrait oublier, il le note soigneusement. Ainsi vous n'imaginez pas comme la domesticité cancane en cuisine. De ces commérages de fond de sauce, de Figeac a fait le plein du temps où il n'était qu'un prénom que l'on sonne. Il sait tout de ces messieurs et de leurs dames, de leurs petits penchants, de leurs gros travers.
De leurs amants, de leurs maîtresses, il a la liste.
De leurs dettes, il a le chiffre.
Ces confidences recueillies font de «de» Figeac un homme redoutable. Craint.
Ensuite, dans l'entourloupe, c'est mignon les nantis, mais pas des plus efficaces. Alors que de Figeac, il a pour lui l'expérience dans le vice qui départage l'amateur du professionnel.
Denis de Figeac semble avoir enfin trouvé ses Amériques.

Mais un jour, un soir, à un bal donné en son honneur auquel il daigne assister, au milieu des convives qui se gobergent de vin de Champagne la bouche pleine, il reconnaît Simon de Tréfond-Trévise, qui l'a reconnu malgré sa particule.
Enfer et damnation.
La tuile.
Le nid-de-poule.
La peau de banane.
Figeac, sans rien laisser paraître, mesure le danger que l'autre corniaud représente et lui fait courir. L'urgence commande de lui fermer sa gueule avant qu'il ne l'ouvre.
Deux ou trois allusions sibyllines pleines de sous-entendus désobligeants glissées à qui il convient et le Tréfond-Trévise, sans avoir à se remuer plus que cela, passe dans l'heure pour l'avatar consanguin dont il faudrait songer à se débarrasser avant qu'il ne tache les tapis du salon.

Rectifié le Simon, gommé, lessivé, fini. Plus besoin de le faire taire.
Qui s'attacherait à prendre en considération les allégations d'un neveu figurant en bonne place sur la liste des suspectés du meurtre de son oncle.
D'un type dont la mère s'exhibe travestie en homme à moustache en crachant à quinze pas et se mouche dans ses doigts, qui fut dans sa jeunesse, en plus de la maîtresse de son frère, la pensionnaire d'un asile d'aliénés célèbre pour l'incendie criminel qui le ravagea.
D'un ancien gérant de terrain de golf dont la seule action d'éclat que l'on puisse porter à son actif fut de nous avoir perdu et jamais retrouvé un ministre de l'Intérieur en exercice avant de faire faillite dans la foulée.
D'un alcoolique repentant.
Qui?
Pas vous.
Et certainement pas moi.
Personne.

Comment se peut-il qu'à l'exception notable de Simon de Tréfond-Trévise, personne n'ait jamais fait un quelconque rapprochement entre, d'une part, Monsieur Denis de Figeac et, d'autre part, une certaine crapule patentée, ancien majordome du nom de Denis Figeac?
Cette question idiote, il y en a qui se la pose. Je le sais. Inutile de nier ou de me faire votre numéro de vierge outragée qui se serait assise par inadvertance fortuite sur une banane pas mûre ou un concombre frais du matin ou un manche de pioche pour les plus gourmandes. Au cas où vous ne l'auriez pas relevé, un détail.
Il y en a un des deux qui portait une livrée quand l'autre a une particule.
Et une Légion d'honneur.

JULIEN PAIROT (2)

Julien Pairot, déjà, n'aimait pas bien les chiens quand il était tout petit. Avec le temps, cela ne devait guère s'arranger, n'ayant jamais pu parvenir à devenir grand.
Et maintenant ça ne s'arrangera plus.
Plus jamais du vivant de Julien Pairot.
Julien Pairot est mort.
Il faut croire que c'était bien lui sous les haillons.
Puisque des chiens l'ont dévoré.
Et qu'il en est mort.

MARC BALMARD

La dernière fois que Marc Balmard tenta de se défaire de sa patère murale, c'était en Guyane, en pleine jungle, sous les frondaisons luxuriantes d'un palétuvier en fleurs. C'est alors qu'il s'engagea inopinément dans des sables mouvants, avant de s'y enfoncer inexorablement jusqu'aux épaules.
Il en était là, à se faire engloutir dans sa vase, lorsque.
Une voix.
Forte.
Sur sa gauche.
Qui lui dit.
Quelque chose comme.
Je cite de mémoire :
« Ça serait pas à vous, ça, des fois ? »

C'est ainsi que Marc Balmard retrouva malgré lui sa patère et qu'il rencontra, sans savoir qui il était, Jérémie Cornélion et sa pirogue.

Sur la pirogue providentielle, Marc Balmard, encore tout maculé, effusionne. Il congratule son sauveur avec tous les mots qu'il faut et qui vont droit au cœur. En retour, Jérémie Cornélion se permet de souligner, en désignant la patère : « Vous alliez l'oublier, ça aurait été bête, heureusement que je passais par là. »

Et les voilà piroguant de concert en direction de Pont-ô-Combôô. Sur la route, Balmard, détective, jacasse une sombre histoire confuse qui aurait mal tourné dans le fait divers sordide, impliquant à leur corps défendant un nain épileptique et un chien qui pue au milieu d'un golf, entre deux incendies maladroits. Où il est question d'un chauffeur de maître travesti en fille mère indigne pour confondre un neveu pusillanime placé contre son gré dans une boulangerie en faillite par un syndicaliste mystique lesbien évadé d'un établissement de repos au fond d'un parc à l'occasion d'une escale improvisée par un marin incestueux amoureux de sa femme de chambre. Il y a encore un cirque ambulant quelque part.

Puis, voilà que.
Cornélion s'arrête. Sa rame de pagaie, il la pose.
Balmard s'est tu.
Cornélion se retourne vers lui, posément. Pas agressif, ni menaçant, mais sûr de ce qu'il peut faire s'il le voulait. Et il parle, Cornélion, simplement avec un point d'interrogation fiché au bout de sa phrase courte, comme un conseil d'ami qui aimerait pas te voir vieillir en te traînant accroché à des béquilles. Ce point d'interrogation univoque exigerait une réponse rapide et qui convienne.

« Qu'est-ce que tu viens de dire, là, tout de suite ? »
Qu'il questionne, Cornélion.

Marc Balmard se prend un petit temps pour réfléchir. Pas qu'il ait oublié ce qu'il a dit. Mais il s'interroge sur ce qu'il convient de répondre pour éviter les béquilles. Il se souvient qu'il en était à justifier son bain de boue fortuit. Comme quoi avant se s'enfouir dans le marécageux, il était sur les traces et la piste de l'un des trop nombreux suspects de l'affaire qui le préoccupe et dont il entretenait justement Cornélion. Un suspect très intéressant. Individu douteux au passé peu glorieux de filou mais qui devait en savoir, des choses...

« Figeac... », commence Balmard.
« Il s'appelle... »
« Denis Figeac », coupera Cornélion.
« Vous connaissez ? » s'étonne Balmard.
Cornélion répond pas. Il a repris sa pagaie et s'active avec, comme si quelque chose de douloureux l'avait contrarié.
Balmard insiste bêtement.
Pas longtemps.

Tous ceux qui sont un tout petit peu familiarisés avec la chicane peuvent confirmer. Ce qui est douloureux, c'est pas tellement de s'en prendre une. Pour peu qu'on soit suffisamment impliqué dans la danse, qu'on ait eu le temps nécessaire d'intégrer qu'on va balancer du poing dans la gueule et s'en recevoir en retour.
Ce qui fait mal.
C'est de ramasser par surprise.
Avant de se mettre en condition.

Balmard a eu mal.

MIRANDA

Au plafond il y a un ventilateur en marche. Une chose électrique dont les pièces détachées doivent être un sujet de plaisanteries. La lumière du jour filtre par des persiennes. Il n'y a pas de rideaux.
Des meubles défraîchis et sans doute bancals sont disposés n'importe comment dans la pièce qui semble assez vaste.
Au-dessus du lit pend une moustiquaire enchantée de crasse.
Dans le lit, sur les draps, il y a Marc Balmard, détective.
Il a encore mal, sans parvenir à se souvenir comment il est arrivé là.
Tout ce dont il se souvient, c'est d'avoir eu mal.
Après.
C'est plutôt vague.
Il a encore un peu envie de vomir.
Il lui manque une dent.
Devant lui, posée sur une chaise.
En évidence.
Sa patère murale.
À cet instant, il voudrait pleurer, peut-être.
Mais préfère vomir.

Elle, c'est Miranda, la patronne de l'hôtel.

Pour décrire Miranda, le quintal sert de référence obligée. C'est le type de beauté que tu n'appréhendes dans son ensemble qu'avec du recul. De trop près, tu te noies dans ses détails fastueux.

Et juché sur un tabouret, pour les plus petits d'entre nous, c'est mieux.
Et à côté de Miranda, il y a beaucoup de petits.
Tout le monde est petit.
Si Miranda était une fleur, ce serait un tronc de séquoia.

On lui prête beaucoup d'amants que personne n'a jamais vus.
On lui connaît, en revanche, une armée de prétendants assidus et éconduits.
Miranda aime, pourtant. Elle aime et n'a jamais aimé qu'un homme, sans jamais oser se déclarer. En silence retenu, en cachette, soupirant après l'élu qui s'ignore. Miranda a l'âme délicate et la pudeur exquise du bouton de rose trémière gorgé de rosée matinale. Ce qui ne l'empêche pas d'avoir son caractère bien à elle. Rugueuse à volonté pour les ceux et celles qui feraient leurs incommodants. Elle sait comment rappeler la modestie aux désordonnés qui s'oublieraient en sa présence. Elle connaît la méthode à appliquer pour ramener le calme chez les dissolus.
Elle a vécu, Miranda.
Ainsi, sans être sourcilleuse plus qu'il ne faut sur le chapitre de la propreté de son établissement, Miranda peut s'agacer qu'on lui vomisse dans les draps de ses lits de ses chambres de son hôtel.

C'est l'idée qu'elle développe à la tête de Marc Balmard et de tout ce que le détective laisse dépasser et sur quoi elle peut taper avec une chaise en le traitant de gros cochon.

Marc Balmard se protège de la dégelée comme il peut, mais il peut si mal qu'en définitive il encaisse l'essentiel de la totalité et se fait moudre sous les invectives.
Le détective objecte que, qu'enfin, ce serait pas des manières.
Que pour le vomi, il est désolé.

Qu'il sait même pas où il est, là, ni qui elle est, elle, ni où se trouve Jérémie Cornélion.
« Jérémie Cornélion. »
Miranda se fige. Oublie de bouger.
« Jérémie Cornélion », « Jérémie Cornélion », « Jérémie Cornélion. »
« Jérémie Cornélion ! »
Le détective répète plusieurs fois de suite ce nom qui semble faire son effet à la dame qui ne s'est pas encore présentée. « Jérémie Cornélion. » Il redit encore, en mettant dans ce qu'il dit une certaine inflexion qui pourrait laisser croire qu'ils sont, lui et Jérémie Cornélion, d'intimes camarades, de vieilles connaissances qui se diraient tout sans rien se cacher.
Un dernier « Jérémie Cornélion » susurré sur le ton de la connivence.
Et Miranda chavire.

Elle lâche la chaise qu'elle tenait, qui fait en tombant un bruit de chaise qui tombe de haut. Les grands, les immenses yeux de Miranda se barbouillent de larmes. La voilà qui pleure.
Et la voilà qui se répand.
Jérémie Cornélion, c'est lui. Son homme qu'elle aime en silence, en secret, sans oser et sans espoir. Depuis le premier jour où elle le vit sur l'embarcadère, dérouillant un fieffé connard pour une histoire ridicule de pirogue.
Il y a de cela vingt ans.
Précise-t-elle, avant de s'effondrer en sanglots et dans les bras du détective.
Marc Balmard est ému.
Cette Miranda qui le recouvre presque tout entier l'émeut. Il aimerait la consoler. Lui faire des phrases. Mais se retient, de peur de passer pour inconvenant. Une gaule majestueuse lui détend le bas-ventre. Une érection faramineuse à déboucher un évier, la bite d'acier qui te décapsulerait une bouteille de bière

sans les mains, sans les dents. Avec un pareil jonc, tu te passes de marteau pour enfoncer des clous de charpentier.
Marc Balmard sent confusément que la mulâtresse pourrait se méprendre sur ses intentions, s'offusquer, même, et se remettre à lui récurer le physique. La chaise n'est pas loin. D'où il est, Marc Balmard la voit distinctement. Miranda n'aurait qu'à allonger le bras.
Cette perspective redoutable décongestionne le membre du détective.
Alors il parle. Il lui demande son nom, qu'elle lui dit.
Il répond, sans savoir pourquoi, que c'est bien.
Miranda lui demande pourquoi c'est bien de s'appeler Miranda.
Il lui répond qu'il ne sait pas mais qu'il devine que c'est mieux.
Miranda veut bien en convenir.
Ceci réglé, Marc Balmard poursuit. Des amours de Miranda, il en fait son affaire. Il décide de prendre les choses en main et répond de tout. C'est ce qu'il affirme avec une assurance dans le propos qui en impose. Il a déjà un plan arrêté en ordre de marche. Qu'on le laisse agir sans poser de questions qui ralentissent l'action. Qu'on lui fasse confiance, qu'on lui laisse les coudées franches. C'est tout ce qu'il demande.
« Vous avez carte blanche, si vous le désirez », lui soupire Miranda, éperdue de reconnaissance.

Marc Balmard se laissera, un court moment, tenter. Avant de répondre, comme à regret : « Non, merci. »

Quinze jours plus tard, Miranda épousait Jérémie Cornélion et Marc Balmard était de la noce en qualité de témoin.

Une patère murale fut le cadeau du témoin du marié.

Un coup de sifflet aigre signale que le vapeur de la Compagnie forestière quitte l'embarcadère de Pont-ô-Combôô pour Cayenne. À son bord, sur le pont, Marc Balmard agite son chapeau en direction de la noce qu'il laisse derrière lui. Il reprend sa course. Soulagé d'une patère murale.
Marc Balmard est un homme qui cherche sans savoir quoi.
Des réponses?
La vérité?
C'est sans importance.
Chercher.
Seulement chercher.
Trouver est accessoire.
Trouver, souvent, déçoit.

LE ROI

Il parle posément, choisit bien ses mots sans avoir à les chercher longtemps. Il a du vocabulaire. Il cause pas, il s'exprime. Toute la différence tient là-dedans. Il a le maintien et les bonnes manières de ceux qui n'ont pas besoin de commander pour être servis.
Il dit qu'il est ici par inadvertance, à son insu, presque. Une suite de concours de circonstances, de péripéties fortuites, enfin de ces choses qui contrecarrent et qui ont fait qu'il se trouve là quand il devrait être ailleurs où il serait attendu. Il raconte son périple de hasards. Se remémore. Détaille. Aligne les anecdotes. Justifie sa présence et son malheur.
Il dit qu'il aurait tout perdu.
Qu'on l'aura volé.
Qu'on lui a tout pris.
Qu'il est le Roi de France.
Il demandera enfin : « Et vous ? Vous êtes qui ? »

« Moi, je suis Marc Balmard, détective. »

Valparaíso ne ressemble pas à l'idée que l'on s'en fait quand on y a jamais été. C'est une ville prosaïque, qui ne fait rien pour vous retenir. On y trouve ce que l'on cherche et l'on s'en va quand on n'a plus rien à y faire. Des immeubles stoïques bordent des avenues éclairées la nuit, il y a des rues adjacentes dont certaines sont à sens unique, les quartiers se suivent et ne se ressemblent pas, des statues équestres égayent des places arborées jouxtant des squares providentiels où des enfants peuvent s'agiter dans leurs landaus sous le regard égaré de nourrices inquiètes. Il y a aussi des monuments aux morts en face de brasseries bondées où il arrive que l'on joue aux cartes. Les ordures sont ramassées le mardi et l'on dîne à heure fixe. Dans les commerces et les usines, l'on s'affaire toute la semaine pour aller le dimanche à l'église voir la messe ou au cabaret écouter de la fesse. Surtout, il y a le port vers où tout converge. Où tout se retrouve, s'achemine, finit par aboutir. Marchandises, produits dérivés, promeneurs solitaires, employés soucieux, chalands curieux, matelots débauchés, administrateurs sceptiques, roi de France et Marc Balmard, détective.

Marc Balmard arpente le port de Valparaíso en longeant du quai où s'amarre du bateau en partance.
Il fait bon.
Il fait nuit.
Marc Balmard est détective.
Il arpente.
C'est alors que.

Entre deux grues désœuvrées, sous un réverbère, trois, peut-être quatre, quatre, ils sont quatre, je confirme, quatre trapus récurent un malheureux qui braille. Balmard a vite fait le tour, voit dans ceux qui tapent les agresseurs et, dans celui qui braille, devine la victime.
Ils sont quatre. Mais Marc Balmard n'est pas venu tout seul, il s'est fait accompagner par ses deux poings pour lui tenir compagnie et pour faire la conversation.

Le premier a pas compris d'où ça venait. Longtemps il pensera qu'un train de marchandises lui aura passé dessus au niveau des dents. Il faudra toute la patience et l'amour de sa pauvre mère

pour arriver, un jour, à le convaincre du contraire. Il s'appelait Pablo.
Le deuxième fut surpris d'apprendre à ses dépens qu'un nez c'est bien utile pour se moucher, qu'on peut s'en servir souvent pour plein de choses, qu'en avoir un procure bien des agréments et que, dorénavant, il va devoir s'en passer, de son nez. Il est ailleurs, maintenant, son nez, très loin, tout en dedans. Là où Balmard l'y a enfoncé au plus profond. Lui, c'est Christóbal, son nom. Mais plus personne ne l'appelle comme ça. Quand on veut parler de lui, désormais, on se contente de rire.
Le troisième était un présomptueux qui n'avait pas les moyens de ses ambitions. L'envergure manquait de sérieux. Il aurait mieux fait, au point où en étaient les choses, de fermer boutique, de prendre un peu de recul sur toute cette affaire et un peu de repos. Au lieu de quoi le monsieur s'obstine dans ce qui le dépasse. Veut en remontrer à celui qui l'interrompt, le distrait et lui bouscule ses petits camarades de rapine. L'imbécile. Il aurait dû voir. Mais il ne verra plus. Balmard lui a mis la dose, celle qui soulage des maux de tête et te libère du fardeau des petits tracas quotidiens. Ses funérailles furent sans apprêts, sans fleurs ni couronnes, sans famille, ni amis non plus, sans cercueil, sans rien, direct dans le trou. Un vague voisin qui avait connu sa mère croit savoir qu'il s'appelait Emilio.
Du dernier des quatre, il ne restait plus rien que le souvenir vague de quelqu'un qui était là.

Marc Balmard releva l'agressé et lui proposa de quitter ces lieux peu sûrs où une mauvaise rencontre est toujours possible. L'agressé relevé abonda dans ce sens et se permit même de souligner la justesse du propos avant de se présenter comme étant le Roi de France, tout en narrant avec force détails choisis pour leurs piquants son périple mésaventureux.

Sur le bateau où Marc Balmard l'a fourré pour s'en débarrasser, le Roi a le mal de mer.
L'équipage s'est mutiné.
Une voie d'eau a inondé la salle des machines.
La barre ne répond plus.
Le capitaine est pris de boisson.
Il est armé et irascible.
Une femme l'a quitté.
Un iceberg l'a percuté.
Son bateau coule.

Tout devait être pourtant si simple. Lui, Alfonso, « le Boucher », avait envoyé quatre balèzes s'assurer de la personne d'un roi de France à sa descente de bateau, un cargo, avec ordre explicite de ne pas le bousculer, ce touriste, juste, seulement, de le promener, de lui faire la conversation et de pas le perdre du tout en route. Expliqué comme ça, c'est, ça semble, assez facile pour être compris et exécuté sans trop de soucis. Sauf que.
Non seulement cette bande de rudimentaires s'était permise de froisser avec leurs grosses mains l'auguste personnage, mais, en plus, ils se l'étaient fait lever par un amateur de passage, adepte de l'héroïsme de proximité.
Résultat des courses : trois de ces finauds qui se font recadrer et le monarque en escapade.

Je vous passe les délices de l'accueil chaleureux qu'on lui a servi, au survivant de la déroute, quand il s'est présenté pour dire, enfin, pour essayer d'expliquer, en chargeant ceux qui n'étaient plus là pour se défendre.

Maintenant, il est attaché sur une chaise, tout nu, tout mort au fond d'une cave.

Alfonso le Boucher est contrarié. Il ne sait pas comment annoncer la chose au Denis Figeac. Pas tellement qu'il le craigne, le Figeac. C'est surtout qu'il ne sait pas comment le joindre, le Figeac. Qu'il est sans nouvelles de lui. Tous ses courriers restent sans réponse. Ou lui sont retournés. Plus rien n'arrive de France. Impossible également de lui téléphoner. Ça sonne toujours occupé, et les très rares fois où ça décroche, c'est pour tomber sur quelqu'un qu'il ne connaît pas, qui ne le connaît pas, un inconnu qui lui soutient qu'il aura fait un faux numéro, que ce n'est pas le bon indicatif, qu'il s'est trompé et qu'il peut aller se faire foutre et qui lui raccroche au nez. C'est devenu une telle mascarade que les opératrices d'ici refusent désormais de perdre leur temps à essayer de vous mettre en relation avec la France. Ne parlons même pas des télégrammes, ou alors seulement pour en dire du mal, avec des mots pleins de rancœur qui blessent mais soulagent l'usager déconvenu.
Ça va mal en France, sans être certain, on peut présumer.
Pour Figeac, en ce qui le concerne, c'est la grosse inconnue avec plein de points d'interrogation autour pour lui tenir compagnie.
Alfonso pousse un soupir désolé, se dit que c'est tant pis pour le Roi et dommage pour Figeac.
Et qu'il serait temps de passer à autre chose.

Du pouce, il désigne la chaudière à ses subalternes.
Et du menton, le macabre ficelé sur sa chaise.

Quand un coup de feu éclate.

En haut de cet escalier qui mène à la cave il y a un homme, un automatique encore fumant dans une main et du plâtre sur la tête. De là à en conclure que c'est cet homme qui vient de tirer et qu'il l'a fait en direction du plafond, il n'y a qu'un pas que je vous conseille de franchir.

L'homme descend les marches, une à une. Son pistolet automatique pointé vers Alfonso et ses patibulaires.
L'homme dit qu'il est MARC BALMARD.
Alfonso veut bien le croire sur parole.
Marc Balmard dit qu'il est détective privé.
Alfonso n'en doute pas.
Marc Balmard dit qu'il recherche une certaine Odette de Tréfond-Trévise, née Rubempré, également connue sous le pseudonyme de Dolores y Dolores y Cordobales.
Alfonso ne connaît pas.
Marc Balmard dit qu'elle s'est livrée à la prostitution pour un certain Alfonso Maria Parlermo y Corleono, le Boucher de Valparaíso.
Alfonso répond que pour tout ce qui est de l'intendance et de la gestion des stocks, il faut voir avec sa sœur cadette qu'il trouvera sur le port à l'adresse qu'il lui indiquera.
Marc Balmard dit qu'il en revient.
Alfonso pense que sa sœur est une chienne promise à un bel avenir au fond d'une chaudière qu'il connaît bien pour la faire réviser tous les ans.

Dans son canot de sauvetage, le Roi a le mal de mer.

ACHEVÉ D'IMPRIMER

Boll composa ce texte avec beaucoup de choses, et notamment la mémoire de quelques voix. Nous lui avons demandé par curiosité une liste, et voici ce qu'il nous transmit: Honoré de Balzac, Ponson du Terrail, Maurice Leblanc, Gaston Leroux, Victor Hugo, Eduardo Mendoza, Pierre Loti, Conan Doyle, Pierre Benoit, Georges Perec, Jean-Sébastien Bach, Antonio Vivaldi, Arcangelo Corelli, Paul Morand, Michael Moorcock, Raymond Queneau, Robert Benchley, The Monty Python, Henri Jeanson, Shi Nai'an, Marcel Proust et Geneviève Tabouis.

Sandrine Nugue composa le livre dans les trois corps optiques du *Ganeau* – caractères dessinés par ses soins – et l'*Injurial*, caractère spécialement créé en hommage à Boll. Ce ne fut pas la moindre de ses folies.

L'éditeur, à peine harassé, déposa le tout aux Imprimeries Corlet qui, sous un air de printemps décidément précoce, le mirent sous presse au mois de mars 2014.

(ISBN : 978-2-37055-021-7. Numéro d'éditeur : 19. D.L.: avril 2014)